Scrittori italiani e stranieri

Giuseppe Elia Monni

Il corpo della città

ROMANZO

MONDADORI

www.librimondadori.it

Il corpo della città
di Giuseppe Elia Monni
Collezione Scrittori italiani e stranieri

ISBN 978-88-04-64759-1

I edizione gennaio 2015

Il corpo della città

Al padre e al figlio

PARTE PRIMA

Questa città ha corpo di donna. Ogni luogo ha corpo di donna, come quest'isola: le sponde alte come fianchi vigorosi, il petto convesso, infido d'improvvisi profondissimi precipizi, e la promessa di quelle distese di pascoli infiniti, ma sempre troppo tardi. Così è Cagliari, fasciata dalle dure carni delle sue mura eburnee, le braccia sterrate stese sui colli che la circondano, il ventre verminoso dei suoi mercati, le mammelle dei suoi granai colmi di pane sottratto ai popolani, e quella cascata di capelli fradici che sono i vicoli della Marina, fin dentro al porto, dove s'affonda il capo rovesciato, nascondendo il volto.

Così mi è sempre apparsa la mia Città, come una immensa donna supina ed inarcata; fin da bambino, quando sedevo per ore sopra al bastione di Santa Croce e consideravo quella sua posa oscena, che al tempo stesso si concedeva nascondendosi, si dava negandosi. Ma immota. Ed inquietante, come quando contempli una donna che non sai se dorme, o finge per farsi spiare, o è morta.

Per questa ragione ripenso a tutte le ore trascorse ad indagarla, ogni qual volta seziono un cadavere, specie quando la sua vita si è appena spenta e mi sembra di sentire la sua orma ancora tiepida, su quelle carni, prima che le indurisca la morsa fredda.

Quella mattina avevano portato il corpo di una giovane contadina: grossa e bianca come una balenottera, l'avevano stesa sul marmo senza molti riguardi, con una certa fatica, con una certa insofferenza, e prima di ritirarsi avevano pensato di risistemarle il panno che l'era scivolato dal grembo, tra le gambe. Don Gemiliano li lasciò fare, attese che fossero usciti, dopodiché si accostò al ripiano, sfilò il panno e si rivolse agli studenti, dicendo: «Nessuno dovrebbe provare imbarazzo dinanzi a un corpo nudo, ma ci sono due categorie di uomini che, per causa della loro missione nel mondo, dovrebbero provarne la massima ammirazione». Così disse, e gli studenti lo fissavano con quanta maggiore attenzione tenesse i loro occhi lontani da quel corpo. «Queste due categorie sono i preti e i medici» dichiarò il professore, «per due ragioni opposte e convergenti: per i preti, perché fintanto che il corpo vive è il tempio dell'anima; e per i medici, perché dacché è morto ne è privo definitivamente.»

Attese qualche istante, indagando gli sguardi de' suoi studenti, e sperando in cuor suo che qualcuno, almeno uno, scintillasse e domandasse al suo maestro per quale ragione s'avrebbe dovuta provare ammirazione per un misero pezzo di carne. Ma nessuno avrebbe fatto domande, e la sua provocazione, la sua laica eresia, sarebbe rimasta senza soddisfazione. Perché la forza del pudore e della curiosità, le due spinte sorelle, contrapposte e complici, che rendono nobile e suicida l'animo umano, aveano distratto quelle orecchie più di quanto avessero distratto le pupille. Perciò concluse: «Ecco perché vi invitiamo a non provare imbarazzi, dinanzi al corpo nudo di una donna deceduta: esso è solo l'involucro, la forma intera e intatta di quello che, in vita, fu l'oggetto del vostro desiderio. Morto, non è diverso dal ripiano che lo sostiene, non è diverso dal sudario che lo contiene, e solo il nostro sguardo, ecco, solo lo stupore ed il rispetto di chi vi guarda dentro, potranno rianimarlo».

Con molta solennità, quindi, sfilò il bisturi dall'astuccio, lo levò in alto e lo fece osservare tutt'attorno, banco per banco. Poi, con un gesto ampio e teatrale, si stava apprestando ad incidere il costato, quando rialzò lo sguardo: tutti gli studenti continuavano a fissare la lama, e non il punto dell'incisione. Tal che si fermò e, stizzito, chiamò: «Aymerich!» chiese. «Elencateci tutte le parti anatomiche che possiamo osservare!».

Il poverino ne fu come destato, e dopo essersi guardato attorno, come per trarre conforto dalla medesima confusione de' suoi compagni, iniziò a elencare, in un latino tentennante, quanto vedeva: dall'apice di quel capo sfondato, al dorso, fin giù a quelle gambotte violacee e ai piedi gonfi, come polpi appena pescati in un bancone del mercato. Che a descriverlo davvero si era ridotto ad un pezzo qualunque di carne.

Così, il professor Deidda ne poteva ragionare tra sé: il solito pensiero, la solita domanda, 'ché quella ragazzotta di diciotto, vent'anni appena, forse era stata fidanzata o innamorata o chissà cosa: e quale fine aveano fatto tutti que' sentimenti suoi? Posti nell'animo di ciascun amato come il lievito delle Scritture? O piuttosto dissipati come il suo respiro, in ogni sospiro nella sua breve vita, raccolti nel petto per un solo attimo, nell'attimo successivo espirati e persi? Quella, dunque, era la vita? A questo si riduceva? A quella successione, più o meno protratta, più o meno proficua, di spasmi polmonari, involontari per la grande parte? E volontari perché? Per quale fine? Che forse le sue uniche corse erano state per inseguire qualche gallina nel cortile, o il fiato per le chiacchere, così fatue, tra donnettine alla fonte?

Aymerich di nuovo si guardava attorno, tacendo.

E il professore aprì un lungo taglio arcuato attorno a quel ventre molle. Disse agli studenti di avvicinarsi, ed iniziò a elencare le parti anatomiche interiori, a mano a mano che ne svelava le forme e poi le parti, scostandone talune, altre estraendole, per raccoglierle poi in bacili diversi e immergerle in soluzioni lattiginose. S'aiutava con un piccolo panno, col quale cercava di assorbire i liquidi che ne colavano. Attorno a lui era uno stormo di fazzoletti bianchi che volavano, posandosi sulle narici de' suoi studenti. Fingeva di non curarsene, sebbene avrebbe preferito che imparassero presto a riconoscere l'odore del fegato, della bile, dello stomaco e dell'intestino: «Dovrete abituarvi...» soffiava tra i denti, e ripensava all'odore vero della morte, all'odore del melano e a quelle cure pietose, riservate alle donne, che avea spiato fin da bambino, e poi da adulto, con la stessa inquietudine, troppe altre volte. «Dovrete abituarvi a questo odore...» ripeté più volte, insofferente a quei gemiti effeminati. E pensava tra sé: "È morta questa mattina, è morta da poche ore..." ma non voleva dirlo, per non impressionare ulteriormente i ragazzi, molti dei quali assistevano disgustati, altri addirittura inorriditi. "Era contadina" pensava rivoltandole le mani callose "ed era vergine." Con uno squarcio rapido e malfatto le aprì l'utero, ed Aymerich svenne. Arquer rise. Altri ebbero l'impulso di vomitare, ma si trattennero. E Amat guardava quella scena incerto se farvi parte o meno. "È morta poche ore fa..." continuava a ripetersi il professore, nettando il bisturi con il panno, mentre due inservienti si erano precipitati a soccorrere il gentiluomo "è morta solo poche ora fa e già non ci interessa più, perché non ha alcuna importanza, cosa sognò e chi fu."

Quella stessa mattina fu convocato dal Rettore.

«Professore stimatissimo!»

«Mio signore...»

Poi, dopo essersi scambiati tutti que' convenevoli soffocanti, quella pasta che si impasta insieme e che ci lega in una sola nauseante pietanza, il Rettore iniziò ad iniettargli quel siero solito di sempre, che gli sussurrava nelle arterie "Gemiliano... Gemiliano...". Se hai visto non ricordare, se hai udito non ripetere, se hai fatto non riprovare... Il meno possibile, insomma, il meno possibile. Perché fin da bambino lui lo sapeva, chi gioca d'azzardo perde e il banco vince sempre.

«Voi lo sapete...» gli ripeté il Rettore, e nuovamente gli rammentò di quel suggerimento, consiglio, ordine, di preferire sezionare maschi, piuttosto che femmine. Non sia mai che Nostro Signore, o Nostra Signora, o il Vicario della Città Etterna, o l'Etterno Dolore, potessero sentirsi offesi, o messi in pericolo, dall'equiparazione della loro Natura, o peggio: del loro Cuore! «Aprire uno squarcio...!»: ecco, troppo sangue sprecato, troppo liquido sparso lungo il marmo, percolato lungo le scale, fino alla pubblica via: non sia mai che qualche donna pia potesse scivolare in quel rivolo sudicio, e insudiciarsi le sottane non volesse Iddio. Gli premeva questo, al Rettore.

«Certo, anche il genitale maschile è sezionabile» ammise il professore, fissando il capo grinzoso del suo superiore, che ancora una volta accolse quell'invito, pensando a se stesso, pensando all'interlocutore.

«Noi lo diciamo per il Vostro bene...» sibilò poi il Rettore «vedete, Don Gemiliano, Voi siete uomo di genio...»

«Anche troppo...» sospirò Deidda «è questo che volevate dire?» e, interrompendo lo scatto del suo interlocutore, «Voi siete troppo buono...»

«Quello che intendiamo dire» riprese il Rettore «è che la Vostra eclettícità Vi sta circondando di troppi nemici, e questo potrebbe impedirVi di svolgere il Vostro compito con la necessaria serenità...» Sapeva della sua fama di pazzo e di stregone. «Questo progetto sulla riforma monetaria...» tentò quindi il Rettore, con una cautela che Don Gemiliano non aveva mai vista, con imbarazzo quasi, a tale punto che pensò fosse in buona fede, o peggio: che altri ancora più in alto lo avessero costretto «noi tutti sappiamo quanto genio avete dimostrato, come autodidatta, nello studio delle scienze matematiche, ma...»

Ma? Ma?! Come se anch'egli avesse saputo che in quella pausa, in quello scarto tra l'azione umana e il limbo nel quale muore ancor prima d'esser nato tutto quello che non sarà mai fatto, in quello spazio vuoto eppure colmo, vi era tutta la vita di Gemiliano Deidda, e il suo stesso significato. E il nostro.

«Io so della mia fama di pazzo e di stregone...» disse il professore «so che mi considerano pazzo per la mia archeologia, e stregone, per il fatto che indago le viscere dei morti...

e delle morte!» così disse, impedendo tutti i tentativi d'interromperlo, che il Rettore ebbe appena il tempo di accennare: «Ecco: queste Vostre passeggiate...»

«Non sono passeggiate! Voi non credete che per studiare un luogo si dovrebbe attraversarlo, e aprirlo, ed osservarne l'aspetto interno come quello esteriore, con lo stesso scrupolo che si dovrebbe avere nello studiare un corpo?»

«Ragionevolissimo, ma...»

«Ma!» esclamò irato, e si tacque.

Il Rettore lo fissava con ferocia. Pazzo e stregone. «Cosa volete dimostrare?»

Penso che i nostri intellettuali, come i nobili di un tempo, non escano mai dal loro Castello.

«Cosa temono?» gli domandò, e il Rettore ebbe un breve moto di sussiego: «Non temono nulla, Deidda! È solo l'invidia...». L'invidia venduta sull'uscio. A sporte.

Deidda rise: «E allora?».

«E allora, stimatissimo Professore, perché non Vi dedicate anima e corpo alla Vostra missione nel mondo, ch'è quella di elevare la Chirurgia a quelle vette di scienza vera che merita?» Ecco. Gemiliano Deidda vaga nello sterrato di San Lorenzo, che a spiarlo dalla torre di guardia parrebbe senza meta. Va sebbene incerto verso Ponente, lungo il crinale del colle. Ai suoi piedi si apre il baratro dei Mirrioni. Lo batte il maestrale. Si ferma. Guarda controluce la tavola piatta degli stagni, segue il sole che tramonta. Se non è pazzo è stregone, e le cose che ha in testa, se non le sputa per terra, se non le caca nella cunetta, hanno la stessa consistenza della polvere che respira, e la stessa fine delle sue ossa.

«Mio signore...» sospirò dunque «voi parlate dell'invidia,

ma l'invidia non mi fa paura, anzi m'incuriosisce... Io sono un medico, e penso che l'animo umano vada studiato con la stessa cura con cui studiamo il fegato, o il cervello, cercando di carpirne il segreto, la causa prima, l'effetto estremo...»

«Voi fate troppa filosofia...» lo fermò il Rettore, irritato «lasciate che le malattie dell'animo siano curate dalla Chiesa e limitatevi a curare quelle del corpo... Quanto alle altre Vostre ambizioni» concluse velenoso, «siano riforme monetarie o passeggiate solitarie, beh, Vi suggerisco di non perdervi troppo tempo, troppa ragione e troppa reputazione, se non volete che siano di pretesto a tutti coloro che, fidateVi di un buon amico, non si limitano a provare il male, ma lo procurano.»

Don Gemiliano scende i gradini del Cammino Nuovo. S'inoltra con passo deciso nel dedalo delle scalette di pietra ocra, tutte sdrucciolevoli, che solcano ripide le pendici occidentali del Castello, ricavando piccole casette a un piano, assiepate come foglie secche, i tetti di tegole che scricchiolano e cannicciati, le imposte di legno marcio, e minuscoli cortiletti interni popolati di gatti rognosi e microscopici balconcini, ornati da gerani moribondi. C'è un bel sole, tondo come uno scudo, alto sul mare, e un vento primaverile che fa salire il profumo delle minestre di patate, del pesce lesso, misto a quello di piscio e muffa contro i muri, e dei panni stesi a sciorinare. Col capo chino e il volto contrariato, Don Gemiliano sbocca nella Via Diritta, quella che di lì a pochi anni si sarebbe chiamata Via Santa Margherita, e poi Via Ospedale (dove sta il peccato mortale!) che scivola sino al porto e separa il quartiere della Marina da quello di Stampace. Il suo quartiere. Non si era mai voluto trasferire in Castello, dove pure, da notabile, avrebbe potuto e dovuto; aveva preferito rimanere nel borgo dell'Annunziata, lungo la Via Reale, dove era nato. E non per chissà quale omaggio alle sue origini, che la gente, anzi, sussurrava oscure. Gemiliano Deidda disprezzava il popolo, per la sua superstizione, per la sua violenza cieca, e certo proprio quel suo disprezzo aveva rafforzato la sua volontà, fin da bambino: uscirne. Forse, rifletteva tra sé, scendendo a grandi passi per lo sterrato della Via Diritta, la prima ribellione. Perché sapeva che quella superstizione era sopruso subìto, quella violenza fame. E disprezzava il popolo per l'identica ragione che lo muoveva: doversi riscattare. Se lo ripeteva ogni giorno, ogni giorno maggiormente. Mentre passava dinanzi al grande convento di San Francesco e preferiva inoltrarsi in Stampace, invece che percorrere la Via Reale; perché, sebbene detestasse ammetterlo, il rumore della gente, e persino il suo odore, lo facevano sentire bene. Come quando si ritorna nella casa paterna, che ci crebbe, che pure odiammo, e ciononostante, coricati nuovamente in quel giaciglio sfondato, sentiamo che non vi sarebbe altro fosso al mondo che saprebbe accoglierci e rilassarci allo stesso modo, come quel sudicio cavo di mano.

Flora lo attendeva nel letto, tutte le notti. Tutte le notti della sua vita lo avrebbe atteso, e accolto.

Appena entrava il marito, tra le coperte, subito rapida infilava i suoi piedini gelidi tra quei polpacci pelosi, e lui subito li serrava. «Tu sei la moglie...» le sussurrava stringendola, e lei ne rideva, per la difficoltà d'abbracciarla. Di notte, si scambiavano le confidenze come due collegiali, di nascosto alla ronda nelle camerate, o d'Estate, nelle brevi vacanze della giovinezza, quando il sole s'intrufola tra le fronde stordite e coglie i sospiri delle innamorate.

«Dice che il mio nemico è l'invidia... l'invidia di chi? L'invidia dei miei colleghi, ovviamente, l'invidia degli scienziati, dei matematici, degli ingegneri, di tutti quelli che si sentono usurpati da questo autodidatta, figlio di nessuno... Ma anche l'invidia della gente...»

«Il popolo non può invidiarti...»

«Il popolo mi considera una sorta di stregone, può irridermi o temermi, perché ai loro occhi faccio cose sciocche, o al peggio inutili. I più ignoranti, ecco, sai cosa temono? Temono ch'io possa fare scoperte pericolose, con le mie passeggiate ne' luoghi dei morti, evocare forze oscure, riportare alla luce verità nude... Forse i più ignoranti, i più terrorizzati, stanno in Castello, e non alla Marina!»

«È così.»

«Qui a Stampace sono il folle del quartiere, quasi ne vanno fieri di questo professore nato dal niente, di questo matematico che vorrebbe riordinare le monete, di questo ingegnere che vorrebbe spostare le acque, come Mosé...! Fu da allora che mi temettero, ricordi?»

«Sì che ricordo.»

«Quando proposi di aprire quel canale, che avrebbe consentito ai bastimenti svedesi di entrare da Bonaria, fino alle saline.»

«Fu allora che iniziarono ad osservarti con diffidenza, ed a spiarti: cosa s'impiccia costui...? Da dove viene? E dove s'illude d'andare?»

«Perché in questo Paese s'ha da morire con la medesima ombra con cui si nasce. Poi nella notte cadono le ombre... e cosa rimane? Cosa rimane di noi e delle cose non fatte...? Fu quello l'ennesimo progetto caduto nel vuoto; quand'osservo il canale e provo a immaginare le vele che passano leggere e le teste d'oro ciondolanti dei marinai che – finalmente – prendono il sole, mi ridesto e mi domando: ho perso tempo anche in quell'occasione? Perdo tempo adesso? Nessun tempo è mai perso, e prima o poi... Adesso spendono denari pubblici su denari privati per il magazzeno alla darsena, inutilmente!»

Flora rise del suo muso imbronciato: «Il mio bambino!» disse. «Tu hai la mente aperta, hai la testa attraversata da vele spiegate, e rotte da disegnare, e continenti nuovi, e genti nuove: un'isola come questa non ti può bastare, ed anzi: è una prigione.»

«Ma cosa posso fare? Partire?»

«Partire. Non è assurdo che sia tua moglie a dirtelo?»

«E il piccolo Pietro? È come un pulcino ancora bagnato, appena sbucato dall'uovo, quell'uovo fragile di carta di sale nel quale è dovuto restare, le ali fradice attaccate al corpo... si scuote, si guarda attorno spaventato: perché proprio a me questa sorte?! Eppure... eppure a volte mi avvicino al suo lettino di paglia, mentre delira, e non delira mai maledicendo; maledizioni che non sa, perch'è innocente; lui, al contrario: a volte mi sembra di udirlo che ringrazia, ringrazia qualcuno per qualcosa, accenna ad una riverenza, e in un breve sussulto si accoccola, come se mimasse un inchino, tutto impacciato...»

Flora piange silenziosamente, Gemiliano la stringe, lei piange più forte: «Cosa possiamo fare? Cosa potremmo fare che non abbiamo fatto? Portarlo via?».

«Non è possibile. Se avessi sperato che un altro luogo gli avrebbe potuto giovare, ti pare che non l'avrei portato via di qui? Via da questi stagni e da questa mal'aria, via da questa terra arida, dai campi sterili di spighe, di grano troppo secco per il pane, via da questo vento freddo che spacca le persiane, l'avrei portato dove l'aria è leggera, la terra è generosa e l'acqua buona... E invece c'è qualcosa che ci lega, qualche catena maledetta che ci impedisce di partire, qualche peso che ci opprime e che ci convince che questo è l'unico luogo per morire!».

Ma Flora, sciugandosi le gote contro il petto dell'uomo, lo consola: «Ogni albero che fiorisce lascia un frutto sopra la terra...» così gli dice, rassicurandosi «e ogni albero ha la sua radice. Ci son momenti nei quali ci sembra impossibile, che la linea non si spezzi, che il dialogo non s'interrompa... e invece è così: la linea si allunga e il dialogo prosegue, in altri spazi, in altre forme... Siamo noi ad adeguarci alle cose che cambiano: questo è conoscere. O no?»

«Altrimenti...»

«Altrimenti, se le cose attorno a noi cambiassero secondo i mutamenti del nostro animo... Questo sarebbe la religione.»

Poi, più tardi, quando stavano prendendo sonno, gli ha sussurrato: «Ma dimmi, come procedono gli scavi?» e Gemiliano si è un poco risvegliato: «Procedono bene... i prossimi giorni inizieremo a scavare a ridosso della cisterna...».

«Sono contenti i proprietari...?»

«Sono più tranquilli... Temevano d'essersi imbarcati nell'impresa di un pazzo! Già... Sebbene molti continuino a domandarsi che senso abbia, sprecare tanto tempo e tanti soldi, senza la certezza di chissà quali tesori! Se gli confessassi che non ho mai pensato che ne troveremo, mi brucerebbero al rogo!» Ride, Flora. «Io penso che l'archeologia porterà alla luce molta più Storia di quella che crediamo, e molto più orgoglio... Sebbene tanti abbiano lo stesso timore di chi, per salvare l'albero, rischia di sradicarlo...»

«Per chi lo fai, dunque...?»

«Per chi...? Io non lo so. Per me? Per te? Per loro?»

Don Gemiliano teneva con sé una anziana coppia di domestici. Giustina era una donna piccola e tonda, che circolava per casa come una trottola senza sosta, con modi decisi e sbrigativi e una parlata, quando ci voleva, che poteva far paura a una cornacchia. Giustina che, nonostante quel suo piglio pratico, cadeva talvolta in uno stato di inspiegabile trasognatezza: come se concedesse a se stessa, ogni tanto, delle pause dalla confusione, come se quelle sue strane svagatezze, ore trascorse alla finestra a guardare niente, filastrocche sussurrate fitte fitte tra sé e sé, mentre curava pianticelle piccolissime ossessivamente, ebbene: quelli fossero i veri spazi dedicati alla vita, alla vita di sé. Suo marito, invece, Simplicio, aveva aspetto di uomo mite, taciturno e magro, piegato su se stesso dalla vita dura, ma di un vigore insospettabile: curvo e forte, diceva Don Gemiliano, come un ferro di cavallo! Che alla moda spagnola, non a caso, lo teneva come portafortuna, oltre che servo, e lo teneva proprio ben stretto, perch'era l'unico che stesse ad ascoltarlo, anche per ore, nelle sue teorie astruse, nei suoi voli pindarici, nei suoi deliri entusiastici. Certo, nessuno avrebbe potuto dire se davvero lo ascoltasse con attenzione, e certo non doveva capire molto di quelle parole, e tantomeno dei concetti, figurarsi...: eppure, con quel suo capo rivolto al terreno, sollevava spesso lo sguardo sul volto del padrone, e gli dedicava un sorriso aperto, e complice, per il quale Don Gemiliano era grato, quanto e più della gratitudine loro.

Avevano per Don Gemiliano una specie di venerazione, non solo per la sua sapienza (che avvertivano non meglio di quanto s'intuisce l'opera del Creatore dalle fattezze di una sua creatura) quanto perché – pare – li aveva accolti nella sua casa salvandoli da non so quale sventura. Si raccontava, infatti, in quartiere, che i due coniugi, tra loro cugini, fossero nati genovesi, cresciuti in Castello, presso la casa Boyl, ma presto trasferitisi nell'isola di Tabarca, dove si erano sposati, rapiti dai Turcomori, venduti al Bey di Tunisi che li aveva tenuti per anni prigionieri tra gl'infedeli, e solo anziani fossero stati riscattati e riportati in Cagliari, accolti per grazia di Dio e di Don Deidda. Ed arricchivano quella loro storia di tali e tanti particolari, ogni qual volta gli si chiedesse di riraccontarla, che presto si erano fatti la fama di sciroccati, e irrisi alle spalle di quanti, nel quartiere, fingevano di essersi dimenticati la loro avventura, e volerla riascoltare ancora.

Certo per causa di quella loro odissea parlavano fra loro un linguaggio assurdo: il risultato degli sradicamenti continui si era intrecciato in un dialetto cagliaritano, con cadenza ligure, zeppo di vocaboli di mare, turchi, arabi e ancora più lontani, che avevano perciò, al contempo, qualcosa di esotico e qualcosa di familiare, qualcosa di remoto e ciononostante quel ritmo dondolante delle onde, che nascono chissà dove ma giungono sempre vicine, e ci si dissolvono accanto. Un linguaggio, per dirla tutta, intraducibile. O più precisamente, irriferibile: così che mi sono sempre domandato come avrei fatto a riferirne.

Ogni mattina, prima dell'alba, prima che Simplicio uscisse

accompagnando il suo padrone, discutevano animatamente marito e moglie, avanti e indietro per la cucina ed il cortile, tirando fuori arnesi e riponendoli, e panni e ceste, e legna e pentoloni, così furiosi l'uno contro l'altra, e sempre contestando l'operato altrui, che sembravano farsi i dispetti reciprocamente e rinascondere nuovamente quegli oggetti che l'altro aveva appena riscoperti. Tutte le mattine le stesse accuse vicendevoli, di essere distratto, di essere serpe, di non valere niente, di diventare matto. E ad ogni replica il loro tono diveniva sempre più alto, finché, ogni tre o quattro, l'una intimava all'altro di abbassar la voce, per non disturbare il piccolo Pietro, e dopo lo scambio di un paio di mugugni e borbottii, tutto daccapo.

Quella mattina, però, non litigavano: quella mattina discutevano di Don Gemiliano e, come talvolta capitava quand'erano stanchi e preoccupati, si davano ragione vicendevolmente, in una specie di cantilena di conforto per la quale, se Giustina, riportando una cesta piena di panni, asseriva la sua massima preferita ("L'invidia i Casteddai la vendono sulla porta!") Simplicio saggiamente sospirava: «Chi porta il carro fa la strada lunga, chi fa gli agguati fa quella corta!». E se il marito, attizzando il fuoco, esclamava che il bravo marinaio si vede nella burrasca, la moglie ramazzando rispondeva: «Critiche e cattiverie vanno messe in tasca!». In questo modo sarebbero andati avanti per ore, se Paolo, furente, non fosse uscito dalla sua stanza.

Paolo, in quel 1756, aveva quattordici anni. Il primogenito di Gemiliano e Flora era un ragazzo alto, asciutto, con i capelli corvini, il naso affilato e degli occhi di brace, mai sereni: né del padre aveva ereditato qualcosa, tantomeno il modo d'essere e di ragionare, la passione per lo studio, il gusto pel dialogo, né dalla madre aveva attinto il candore, la dolcezza, e la gioia del vivere. Anche per questo diceva d'essere bastardo, e lo diceva dopotutto anche del proprio padre.

Irruppe come una furia, quella mattina, e aggredì i due domestici fuori di sé: «Figli di nessuno e di niente!» soffiò digrignando i denti. «Non riuscite proprio a capire, no?!».

Giustina tremava, perché più di ogni altra cosa ella temeva la violenza, e quel giovine sempre furioso, tormentato senza senso, dalle reazioni imponderabili, l'atterriva; Simplicio, invece, il solito capo chino, lo teneva d'occhio da sotto le palpebre, come un animale in tana, ma pronto a scattarne; Paolo, allora, si avventò contro di lui e gli strappò dalle mani l'attizzatoio: «Credete di farmi paura!» urlò con tutta la rabbia che aveva in petto. «Ma uno di questi giorni vi torcerò definitivamente quella schiena!».

E brandiva tremante il ferro dinanzi alla fronte dell'uomo, che lentamente, quasi sottovoce, gli chiese: «Forse perché abbiamo disturbato il vostro sonno...?».

Il giovine ebbe un istante di esitazione, come se avesse dubitato per un attimo che quel vecchio maledetto si stesse prendendo gioco di lui; e neanche sapeva se lo avrebbe fatto davvero, di colpirlo prima o poi, quel cranio nudo, spolverato di nuvole rade portate via dal vento. Lanciò l'attizzatoio contro il muro, proprio quando il padre scese con trambusto dalle scalette e lo colpì con violenza al volto. Paolo cadde, soffiando, si rannicchiò su se stesso. Un piccolo rivolo di sangue gli colava dal lato della bocca e Giustina ebbe l'impulso di soccorrerlo, e l'avrebbe fatto, perché anche il padre era fuori di sé, e fissava il figlio come se avesse voluto frustarlo con lo sguardo, se Simplicio non avesse fatto quel gesto del capo, impercettibile, che solo lei, e gli uccelli, sapevano.

«Tròvati qualcosa da fare, e in fretta, se non vuoi sprecare definitivamente la tua vita...!» gli intimò il padre, mentre quello soffiando rabbioso si trascinava in un angolo, mordendosi il labbro sanguinante. «Io ho fatto quello che potevo, per crescerti... Ma non pensare che non avrò il coraggio di cacciarti da questa casa... Se vuoi rimanere niente, così sarai trattato...»

Poi, rivolto a Giustina, con un tono severo che certamente era l'eco del suo sconforto per quel figlio quasi perduto, le ordinò di andare dal piccolo Pietro. E dopo aver guardato Paolo un'ultima volta, con quello sguardo che hanno tutti i padri, quando sanno di aver esaurito i propri insegnamenti, quindi le proprie medicine, e infine anche le armi, gli voltò le spalle, e Simplicio lo seguì rapidamente, raccogliendo l'attizzatoio, riponendolo al suo posto e recuperando il suo mantello, quando ancora il suo padrone non era scomparso oltre l'uscio.

Il borgo dell'Annunziata, che aveva dato i natali a Don Gemiliano, era composto di poche case marroni, accoccolate sul declivio che, dalla distesa di Sant'Avendrace, risaliva fangoso sul fianco più basso del colle di Tuvumannu. Proprio sul primo bordo, dove passa la Via Reale che esce dalla Capitale, diretta agli stagni di Elmas e alle pianure di Decimo e del Campidano, stava e sta ancora la chiesetta dell'Annunziata, col suo piccolo convento di frati. Era il borgo l'ultima appendice della Città, separato qualche centinaio di metri dalle case di Stampace. E proprio in quei pochi metri, specie sull'ultima propaggine del colle, che guarda a Meridione, erano nate nel tempo alcune vigne e tanti piccoli orti. Erano gli anni ne' quali il Municipio avea deciso di creare un Orto Botanico, proprio in quella valletta nella quale gli antichi Romani aveano ricavato un anfiteatro. A quel tempo quella mirabile opera, testimone di un passato di fasto per la Città, era stata ridotta a cava, essa stessa abbandonata, ed abitata saltuariamente da famiglie disgraziatissime, inseguite dalla fame della campagna e per questo rifugiatesi, inutilmente, nella Città. L'Orto Botanico avrebbe occupato tutta la valletta, dal versante della Via Diritta a quello dell'Annunziata, e avrebbe avuto il fronte proprio sulla Via Reale.

Era stato durante i lavori di approntamento dei terrazzamenti dell'Orto, che Don Gemiliano aveva notato l'emergere dei tracciati perimetrali di alcune antiche ville. Il Municipio aveva prima ignorato e poi minimizzato l'entità di quei rilievi, e reinterrato la questione con la stessa rapidità e risolutezza di quei resti; ma Deidda, quel cocciuto, era riuscito a convincere il proprietario degli appezzamenti adiacenti a rinunciare a qualche parte di vigna, per provare a scavare; con il miraggio di chissà quali ritrovamenti.

Don Baller era già lì, quella mattina, scalpitante su se stesso come in un ballo popolare, e accolse Don Gemiliano con quel piglio che suole dissimulare impazienza, e anche una certa irritazione.

«Illustrissimo!» esclamò, e Don Gemiliano sorrise divertito: «Cavaliere!»

«Non è buon segno quando un committente è già in loco pria del suo fiduciario!»

«Spero non sia segno di poca fiducia» ribatté «quanto di somma partecipazione!».

«Partecipo, partecipo...» sospirò Don Baller, guardandosi

attorno infastidito, mentre gli uomini iniziavano ad armeggiare con picconi e pale; gli fe' cenno di avvicinarsi, che gli avrebbe dovuto parlare confidenzialmente: «Sono un poco preoccupato per la situazione...» ammise, e Don Gemiliano finse ancora una volta di cadere dalle nuvole: «E perché mai?».

«Perché... Forse non vi siete accorto che stiamo scavando già da un mese?»

«L'archeologia, caro Don Baller, come ogni pratica, anzi, come ogni scienza, necessita di una certa pazienza...»

«Ecco sì, la pazienza, ma poiché ho rinunciato a gran parte della vigna, qui, della parte migliore, intendo...»

«Sapevate avremmo affrontato una sfida...»

«Sì, certo, ma...»

«Ma?» lo sollecitò.

E Don Baller tentennava, soprattutto perché s'era preparato ad essere lui l'Impaziente della discussione, e non colui che ne dovea rispondere: «Le malelingue iniziano a canzonarci, Don Deidda: noi e voi, ci stiamo tirando dietro le ironie dell'intera cittadinanza...!» ma quella frase, che s'era figurato redarguente, gli uscì quasi accorata, e per un attimo ne rimase egli stesso stupito, ed esitante; capita, infatti, che le parole abbiano un senso proprio, ed una propria vita, indipendentemente da chi le ha pronunciate e perché; Don Gemiliano, invece, gli sorrideva pacato. «Per questi scavi inutili...» concluse Don Baller, con sveltezza, come chi deve chiudere una pratica imbarazzante (o mantenere la promessa estorta dalla moglie, il minimo indispensabile).

«E perché inutili?»

«Come perché? Se non porteranno a nulla?»

«Abbiamo già scoperto una cisterna, mi pare»

«E cosa ce ne facciamo di una cisterna?!» scattò Don Baller, ch'entro di sé ebbe a complimentarsi, per essersi finalmente espresso con una certa virilità; sì che Don Gemiliano manifestò la sua prima insofferenza: «Se vi aspettate di trovar ori ed argenti, mio carissimo Cavaliere, possiamo interrompere gli scavi anche adesso!».

«Non dico questo...»

«Credevo comprendeste che questi scavi sono utili di per se stessi, per il solo fatto che rivelano gli antichi resti della nostra Città...!» e Don Baller, prendendolo a braccetto per appartarsi qualche metro dagli operai, con fare di chi dovesse confidare un certo dissidio tra scienziati, gli sussurrò: «Ma voi siete proprio sicuro che qui ci fosse una città...?».

E Don Gemiliano lo guardò con una tale sorpresa che quasi ne rideva: «Come dite?».

«Mi spiego: voi affermate che la nostra Città, all'epoca antica, sorgeva sotto i nostri piedi...»

«E non solo.»

«E non solo, ecco; affermate che le prime ville sorgevano addirittura fin dopo il Fangario, è così?»

«Io lo credo: ville rustiche, s'intende, ma...»

«Ebbene, ebbene...» lo interruppe Don Baller «mi sono preso lo scrupolo di fare anch'io delle ricerche archeologiche, presso l'archivio universitario, ed ho scoperto che le cave presso Bonaria rivelano l'esistenza d'insediamenti romani, sì, avete capito, anche laggiù!»

Don Gemiliano trattenne a stento le risate, per quella scoperta recente d'alcuni secoli: «E dunque?».

«E dunque, Don Deidda, non c'è magari il rischio, dico l'ipotesi, che la Città sorgesse laggiù, e non quassù?»

«Sorgeva laggiù ed anche quassù!»
«Sorgeva in due punti diversi?»
«No, Cavaliere: nel medesimo!»
«Stento a comprendere, Don Deidda, ma certamente è limite mio...»
«Io dico che la nostra Città, all'epoca romana, s'estendeva fin da Bonaria almeno fino a qua, e ville periferiche fin oltre il Fangario...».
E Don Baller gli si scostò, aggrottandosi: «Come sarebbe?».
«Vi stupisce?»
«Ma Don Deidda!» protestò il Cavaliere. «Volete affermare che quindici secoli fa, che dico, venti secoli fa, la nostra povera cittadina si estendeva da un capo all'altro del Golfo, con ville rustiche e porti e rocche e cave da una parte all'altra?»
«E perché no? E poi le numerosissime cave, per l'appunto, rivelano...»
«Voi mi chiedete perché no!» esclamò teatralmente il Cavaliere, che adesso gli faceva un gran piacere avere un pubblico che lo ascoltasse, con picconi e pale lente lente e orecchie tese e sopracciglia arcuate. «Vi sembra possibile che al giorno d'oggi, con il grande progresso e il grande attiramento di popolazione dalle campagne, la nostra Città sia la metà, ma che dico, un centesimo di quella che voi vi figurate?!»
«Ma Cavaliere!» si scosse Don Gemiliano, che tuttavia provava un certo divertimento, un certo piacere perverso, in quella discussione. «Tutti sappiamo che lo sviluppo all'epoca di Roma...»
«A Roma!» lo interruppe Don Baller. «Voi dite bene: a Roma! E Dio solo sa quanto ci aggraderebbe darvi ragione!

Ma questa povera terra, Don Deidda, per quanto possiamo amarla, ed esserle grati per averci nati, Dio solo sa quanto sia sterile di popolo, o, per dirla tutta, di pane e bocche e braccia!» così prese a concionare Don Baller, quella mattina, rischiando di incespicare nel fango, con ampi gesti di braccio e mento verso il Cielo, che lo udissero anche i carrai che transitavano poco più in basso, nella Via Reale. «Se addirittura adesso, nell'epoca nostra, governata la nostra Nazione dal Re più illuminato della Storia, e pel progresso delle arti e dei commerci, e delle scienze anche, certamente, la nostra Capitale, con strade larghe e porti ben approntati, non può contare più di ventimila anime! Ma che dico ventimila: diciannovemila e cinquecento!»

Don Gemiliano tacque. Pensava al granaio di Roma, ad Augusto, a Mecenate: pensava ad una serie infinita di frasi fatte, di quei luoghi comuni nei quali ci sollazziamo a rigirare in tondo, come quei giochi di parole ne' quali il primo pronuncia qualcosa che sarà completata dal secondo, ed i discorsi che se ne ricavano non sono troppo dissimili da quelli dei dotti dottori. A questo pensava, Don Gemiliano, ma tacque. Anche perché sapeva che il Cavalier Baller, detto FicoMoro, era spinoso ma di frutto buono. Ogni due o tre giorni, semplicemente, era necessario lasciare che si sfogasse un poco, che ricordasse agli altri, ma soprattutto a se stesso, d'essere lui il padrone, in fondo, di quella terra: certo, terra di riporto, ma terra sua; e proprietario anche di quel vigneto, certo contorto, certo malcurato, ma suo; e cosa credeva Don Gemiliano, e cosa credevano tutti? Che non gli sarebbe piaciuto dire Addio a tutto, alla famiglia, alla consorte anche, ironia di quel termine ancorante, prendere il primo bastimento e salpare per Genova, o per Roma magari, la Città Eterna, lui così mortale, lui così mediocre, lui così pavido, anche, e però l'unico che gli avesse detto: "Ma sì, Don Gemiliano!": scaviamo queste fosse, alla ricerca di qualcosa, di qualche segno che ci possa confermare il sogno di un passato migliore, visto che questo presente ci sta così stretto, visto che nel futuro non ci crediamo tanto, e non arriva mai, in questo piccolo porto, dove tutte le navi giungono vuote e ripartono colme di maltolto, e fuori il mondo cresce di numero e di significato, e noi per sentirci una città, una Capitale, un Regno, dobbiamo fingere di avere anche noi qualcosa da dire, qualcosa di profondo, da far riemergere, qualcosa veramente nostro...?

«Cosa farete quest'oggi...?» chiese dunque Don Baller, con un sospiro, e quella comica cautela con la quale, dopo il solito sfogo, soleva destare Don Deidda dal suo silenzio assorto.

E Don Gemiliano, dopo avergli sorriso paterno, gli spiegò che, dopo aver terminato di liberare il terreno dai detriti accumulati per causa del disseppellimento della cisterna, si sarebbe iniziato a tracciare due scavi perpendicolari; e dicendo questo iniziò a percorrere con ampi passi il breve declivio, spiegando ad alta voce come si sarebbe proceduto, e nel far questo esaltandosi.

Simplicio osservava il suo padrone: non si stupiva più, ma certo proseguiva a domandarsi se la semplicità con la quale Don Gemiliano, chiudendo l'uscio di casa, chiudeva per quella giornata anche i dispiaceri e le preoccupazioni familiari, si radicasse in una forma di disillusione (certo più simile al disinteresse) o quella fosse solo un'impressione, ed in realtà il suo padrone desiderasse distrarsi con quella sua nuova mania dell'archeologia, quanto più lo tormentasse il pensiero de' suoi figli. Perduti entrambi, per mali diversi; ovvero, come diceva Giustina, per le conseguenze diverse e spesso opposte che produce il nostro medesimo amore.

Don Baller sorrise ed annuì col capo, un paio di volte; ma prima di congedarsi si voltò verso Don Deidda: «Non mi avevate detto!».

«Cosa?»

«Del vostro progetto per la riforma monetaria!»

«È solo uno dei tanti capricci: volermi confrontare anche coi matematici!»

«Spero per voi che qualcuno, un giorno, magari la Reale Intendenza, o anche la Storia, riconoscerà il vostro genio; o se non il vostro genio, almeno il vostro studio, o almeno il vostro coraggio...» concluse Don Baller, prima di allontanarsi. «Lo spero anche per me, che privo del primo e del secondo, possa essere ispirato almeno dal terzo!»

Gli operai, su un'unica linea, picconano la terra morbida. Lo fanno con la cautela che gli è stata imposta, e perciò lo fanno di malavoglia, ed ogni tanto fingono di dimenticarsene, e a volte addirittura frantumano apposta qualche pezzo di coccio. Simplicio osserva Don Gemiliano, che se ne accorge ma lascia fare, perché tanto intuirebbe subito la forma del vaso, pria che fosse rotto da quegli zotici; come intuisce il tumore sotto la pelle del malato.

Simplicio sa che adesso Don Gemiliano gli farà il solito discorso sullo scavo e sulla chirurgia: «Vedi Simplicio...» ha iniziato «se si vuole scoprire com'è fatto il corpo, è necessario aprirlo, sezionarlo, studiarlo nelle sue forme interne: le forme esterne, infatti, servono a riconoscerlo, le forme interne, invece, a conoscerlo... Così è anche l'animo umano: possiamo conoscere il pensiero e il sentimento di un uomo, per il semplice fatto che lo ascoltiamo? No: solo interrogandolo, solo con la domanda indaghiamo, e solo con la risposta comprendiamo. Così fa l'archeologia, non vedi?»: e cosa avrebbe potuto vedere il suo servo più caro? Simplicio ascoltava il suo padrone con lo stesso affetto ricambiato: ragionava sul fatto che Don Gemiliano sarebbe potuto essere suo figlio, e invece si rivolgeva a lui, e cercava di educarlo, con quel modo paterno che Simplicio amava. Perché l'amore paterno e quello filiale si specchiano.

«L'archeologo è come il chirurgo!» si esaltava Don Gemiliano. «Guarda come questi scavi somigliano alle incisioni di un medico, certo cauto, ma che sa cosa sta cercando, dove può trovarlo...!» e Simplicio avvertiva negli affanni degli operai quegli insulti, sibilati tra i denti, ai quali il suo padrone sembrava non dar peso: «... Si è riunito stamane il consiglio dei topi / e gli ha dato l'incarico di trovare orci vuoti»: così sussurravano: «Ha un bel paio di stivaloni, questo generale / certo non gli manca il pepe, ma gli manca il sale!» così sembravano esclamare, e così diceva di lui la gente: «Poiché sei Nessuno, troverai Niente!»

Ma il suo padrone, davvero, non sembrava udirli. Sembrava così entusiasta di quegli scavi, come un bambino risvegliatosi quella mattina con i suoi sogni realizzati. Ecco: incredulo d'esser felice, e felice d'esserlo! Che a volte Simplicio domandava a se stesso: "Come posso non biasimarlo neanche un poco...?".

Quella mattina, però, Don Gemiliano non stette a sovrintendere agli scavi: raccomandò a Simplicio di sorvegliare i lavori, prese con sé la sua grande cartella e spiegò che sarebbe tornato dopo alcune ore. E dove, nel caso, lo avrebbe trovato.

Giustina veglia Pietro. Pietro delira.

Trema tutto, Pietro, nel suo lettino sfatto, e fissa la finestra, che però è chiusa. Filtra un raggio di luce, tra le imposte, come una larga lama, e lui la fissa con lo sguardo altrove... A tratti terrorizzato, chissà da cosa... O forse supplica che entri luce in quella camera... Giustina veglia Pietro e lo osserva impotente, gli stringe la mano, e quello ancora più forte gliela stringe... Cosa potrebbe fare...? Dovrebbe avvertire il padre...?

«Dalla Torre della fortezza si vede Barberia / mentre dondolo piano piano la creatura mia» così ripete Giustina. E ripete e ripete. Pietro si è voltato verso di lei, per un attimo le ha sorriso, poi nuovamente si è scosso, spaventato. La donna gli asciuga la fronte e il collo, lui le serra il braccio, e a Giustina le si serra la gola per il pianto.

In quel 1756 Pietro, secondogenito di Gemiliano e Flora, ha sei anni, ma gran parte del suo tempo lo ha trascorso sepolto in quel letto di paglia, e guarda fuori della finestra, col capo pesante dentro al cuscino; per tutta la sua infanzia il mondo che ha potuto conoscere è quello spazio obliquo: vede il tramonto, e del mattino solo il riflesso sul muro; vede il Popolo Rosso volare lontano, ma solo per un breve attimo, prima che plani sopra gli stagni che si stendono sotto quel bordo; solo in un certo periodo dell'anno vengono gli storni a visitarlo, danzano in quello spazio di cielo che racchiude il suo sguardo e si chiamano, e sembrano perennemente indecisi se separarsi o restare e tutti insieme tutti d'un tratto com'erano apparsi scompaiono; ma soprattutto vede la luna, il piccolo Pietro, vede la luna ogni notte, se Giustina gli scosta il telo, vede la luna che sfila leggera nel cielo plumbeo, come una donna bellissima in fondo a un mare increspato, a volte in fondo a un lago calmo.

Così ha vissuto Pietro, fino a quell'anno. Cos'è un mare increspato, e cos'è un lago, lo ha imparato dalle parole della vecchia donna che lo assiste ogni giorno. È uscito così poche volte, da quel suo giaciglio. E quando sfebbra chiede sempre a Giustina cosa succede là fuori, sotto il bordo del davanzale, oltre il muro, oltre il marmo, oltre il legno, nel mondo vero, e Giustina fa in modo di raccontare quel mondo meglio di come è: più grande e più bello.

«Quando starai meglio» gli dice «usciremo nuovamente. Ricordi l'ultima volta, il Castello? Bene, oltre il Castello c'è quel colle verde, che si chiama Bonaria, che ha il mare ai suoi piedi e la testa si perde nell'aria. Lì c'erano un tempo solo pecore e pastorelli, che abitavano felici in grotte chiare, si nutrivano solo di bacche e vermicelli, e vivevano come fratelli, in pace, senza bisogno di niente. Di sera si sedevano insieme sulle pietre, ad ammirare la rocca del Castello, che per loro era così lontana e misteriosa d'essere luogo di fiabe» così racconta Giustina. E guarda il volto di quel figlio mai avuto, che la ascolta confuso: dove sei adesso? Siedi forse anche tu su quelle stesse pietre, ad ammirare il Castello, come facevano i pastorelli di un tempo? C'è un monello, giù della strada, che canta una filastrocca sboccata, e una donna lo ha redarguito, e un uomo che passava col carro ne ha riso, e il cavallo ha nitrito. Pietro sente la voce del borgo, da quel suo ritiro obbligato, sta ad ascoltare le voci dei personaggi di quello spettacolo che si ripete ogni giorno, in un luogo vicino e remoto, come se lui vivesse nascosto in mezzo alle travi del tetto di quel teatro: «Raccontami di quando sarà...» chiede alla donna che piange in silenzio.

E lei ripete il suo canto dolente: «Quando sarai grande» gli promette sempre «partirai per il mondo e solcherai il mare vasto, in lungo e in largo lo solcherai, conoscerai tanti luoghi e città immense...»

«Quanto è grande, la nostra città...?» le domanda il piccolo, ma lei non sa, non sa come rispondere e non vorrebbe deluderlo mai. Gli risponde che adesso è piccola, ma un giorno sarà grande.

«I palazzi, dice tuo padre, diverranno sempre più numerosi, e più alti e ben fatti, i granai sempre più ampi, le strade porteranno sempre più lontano, le montagne nere saranno ripopolate, le fiere selvatiche ricacciate nelle caverne, e i campi coltivati si estenderanno a perdita d'occhio» così gli racconta Giustina, per farlo sognare, per far sognare al bambino quel mondo che lei stessa non vedrà mai: «Finalmente tutti avranno il pane, e non ci sarà mica bisogno di guerre! Il popolo avrà così abbondanza di tutto, di cibo e di acqua, e tempo anche, che tutti saranno felici e di buon cuore, perché non ci sarà più preoccupazione per la pancia piena, non ci sarà più preoccupazione alcuna, e ci si annoierà addirittura, gli uomini trascorreranno il loro tempo tra le carte e il vino, le donne tra le chiacchere e la Chiesa, ma si andrà alla Messa non più per chiedere, solo per ringraziare...» così dice Giustina, quando il bambino sfebbra, e quel Dio del quale sente parlare, come Pietro le sue fiabe, sembra alle volte farsi largo anche lui, il cuore altrove, lo sguardo come un raggio tra quelle imposte.

Sotto la Porta del Gesù, invece, si riuniscono i perdigiorno per giocare ai dadi. Ad ogni ora del giorno, ma soprattutto nelle ore più calde, nella stagione bella, s'adunano nell'ombra a ridosso del rivellino nugoli di ragazzini, come un capannello di cornacchie attorno a una manciata di miglio. La maggior parte sono *piccioccus de crobi*, bambinelli cenciosi, vestiti di iuta, che sembrano mazzetti di ossa raccolti in un sacco: faticano attorno alle attività del porto e del mercato, specie portando le grandi ceste sul capo, e a questo si deve il loro nome. Hanno volti sudici ed escavati, ed occhi enormi, sgranati sui numeri dei dadi, come stanno tutti gli esseri umani, attorno ai rovesciamenti del Caso. Ma chi gioca, chi sfida la sorte, chi ha questo coraggio, non sono loro: sono i giovinetti del borgo, che hanno qualche reale in tasca, e tempo, ed in quel gesto d'azzardo il senso del volo, che i *piccioccus* non hanno, coi loro piedini lordi così simili al suolo. Tra quei giovinetti del borgo c'è anche Paolo. Che è di Stampace, e infatti qui alla Marina lo chiamano "lo Stampacino": l'unico estraneo che non venga picchiato, perché ha piglio da capobanda, e dopotutto è lui per primo che insulta Stampace e se stesso in quanto tale ed il suo stesso padre! Ha il diavolo dentro, quel ragazzetto, e tutti lo temono; da quando, qualche anno fa, dei bulli lo aveano sorpreso nella Via Dritta, coperto di insulti e di calci e di sputi, perché s'era messo in ghingheri della Domenica, lo Stampacino, e lui, altro che rannicchiarsi, s'era rialzato da quella polvere e sguainato un coltello li aveva dispersi, e inseguiti, e uno di loro lo aveva raggiunto presso la darsena, e lo aveva colpito! Da allora lo rispettano tutti, alla Marina, ed è lui che fa i dadi sotto alla Porta del Gesù Bambino. Il figlio del Professore, lo Stampacino.

La Porta del Gesù è quella che guarda a Meridione, dove si alza il sole. Lì confluiscono le vie che portano a Villanova e alla strada per Quarto, a Bonaria e al Camposanto. Lì inizia la salita ripida per i bastioni della rocca. Quello del Balice, appuntito come una prua, è abitato dai falchi, che scendono a cerchi concentrici per cacciar gli uccelletti, che si rifugiano nei cavi dei sottotetti. Paolo fissa tutti i faccetti lerci che gli stanno attorno, prima di lanciare i dadi: si sente onnipotente, anche quando la fortuna non gli arride, lui sente che è una sfida personale, tra lui e lei, e tutti gli altri sono semplici spettatori. Lancia i dadi con furia, poi, contro la base del muro, gridando un suo arcano, e gli occhi di tutti li inseguono. Paolo sogghigna alla vittoria, bestemmia alla sconfitta, maledice il padre e quella madre matrigna, Fortuna benevola e maligna che lo ha abbandonato, ed anche il figlio, insulta, ed anche il re ed il vescovo e lo spirito santo ci passerebbero, se le guardie non fossero così vicine, che spesso lanciano uno sguardo ai dadi pure loro, che non son mica statue di marmo. Ma ogni tanto s'indispettiscono di quel baccano, attaccano a gridare e disperdono quell'assembramento con le loro alabarde, bastonando a destra e a manca, chiunque capita, che a prendere legnate son tutti uguali, figli di dottore e figli del destino, figli dell'amore e figli del vino!

Quel giorno, però, fuggendo dalle bastonate, mentre tutti gli altri ragazzini si disperdono tra i vicoli marci, come rivoli di liquame, Paolo fugge verso la banchina, e si accorge che un *piccioccheddu* è fuggito insieme a lui, come seguendolo. Paolo si rifugia oltre gli scogli del molo vecchio, e nota che quel bambinetto scarmigliato, faccetta da cucciolo, gli trotterella dietro, come un bastardino impaurito; lui si acquatta tra i massi, per nascondersi, e quello scricciolo fa lo stesso, si accoccola accanto a lui, guardando indietro, per accertarsi che le guardie non li abbiano inseguiti. «Cosa vuole questo?!» s'indigna il ragazzo. Non avrà più di sei anni e puzza di sudore e pesce sfatto. Lo guarda in cagnesco, allora, fa come per avventarglisi contro, per scacciarlo, e quello emette un mugolio, una specie di guaito di spavento e pianto, diventa ancora più piccolo, si rinserra nel suo logoro saio, affondando le spalle nella sabbia, raggomitolandosi su se stesso; e allora Paolo lo vede nudo, sotto.

Don Gemiliano dondola nel sole.

La Primavera si sta consumando rapida. Lui cammina nello sterrato della Via Reale: è l'ora più calda della giornata e carri ne passano di rado. Alla sua destra si erge ripido il fianco estremo di Tuvumannu, laddove si è ristretto ad una striscia di roccia più sottile, che chiamano Tuvixeddu. È un colle di calcare giallo, tutto bucato. Cave fenice, poi puniche, quindi romane, Don Gemiliano lo sa, ma il popolo le ha sempre credute dimore delle fate. O delle streghe. Perché il mondo delle creature mitologiche, specie femminee, è tutto un gioco di specchi, ne' quali si riflettono pulsioni diverse, identiche ma bicefale, certamente loro, ma soprattutto nostre. Don Gemiliano lo sa, passa e sorride. Il popolo a volte lo intenerisce, ma al tempo stesso lo irrita: se ode una battuta, un moto di spirito, un proverbio, ne apprezza l'immediatezza, che tuttavia, e troppo spesso, si presume saggezza; ma se sta ad ascoltare qualche minuto il tentativo di un ragionamento, allora quella logica si sfalda passo dopo passo, con la stessa rapidità con la quale s'affonda, scendendo per un declivio smosso: così quell'arroganza stolta, quella incoscienza, lo esasperano, e quella stessa ingenuità che lo aveva fatto comprensivo, ora gli appare la più imperdonabile colpa.

È fatto così, Don Gemiliano; e non è che si assolva: semplicemente, è convinto che non ci sia nulla da assolvere. Il popolo, la sua superstizione, gli suscitano gli stessi sentimenti che gli suscita l'intera esistenza, alla quale, colmi di rabbia, ci si ribella: ma quando si ingaggia la lotta, non c'è vittoria che possa soddisfarci, né sconfitta che ci vinca: la fine è solo la stanchezza. Lui lo sa. Dondola nel sole, s'inerpica in quei stretti sentieri tra le rocce sdrucciolevoli, e i suoi pensieri si sminuzzano, come le pietre che si sbriciolano sotto i suoi piedi. Giunto alla cima, si guarda attorno; sorride; c'è una leggera brezza che accarezza l'altopiano e lenisce la mancanza d'ombra. Poi, quando spalanca il foglio giallo dalla sua cartella, è troppo abbagliante, e se ne rammarica. Cerca di osservare il panorama, cerca di tracciarne le linee essenziali col carboncino, ma è tutto inutile: quella luce lo acceca. Pensa nuovamente alle fate e alle streghe, allora. Attorno a lui, poco distante, si aprono tante piccole grotte: come tane di termiti, tutte diverse, scavate a differenti altezze, alcune sono poco più che concave, altre invece sono profondissime, si perdono all'interno del colle, e si dice confluiscano in grandi cisterne, nelle quali – è convinto – gli Antichi raccoglievano le scorte idriche per le stagioni aride. Un sistema di canali interni, certamente, redistribuiva quelle acque a valle; ma le condutture saranno ormai ostruite.

Pensa a tutto questo, Don Gemiliano: dalle fate alle cisterne, dalle streghe alle condutture, non riesce a soffermarsi più di un secondo sulle mitologie, che subito fluisce nelle scienze! Se ne accorge e ne sorride. Davvero quel *genius loci*, per lui, è solo l'utilità che ne ha tratto l'Uomo? Davvero quei luoghi, per lui, sono solo opere umane? E le cose sono solo manufatti? Cerca di riassumere a se stesso la sua idea di Natura, e si risolve che per lui è solo un corpo da conoscere, per trasformare. Ama la città proprio per questo, e se ama la campagna è solo per questa stessa illusione, e per la stessa ragione ha diffidenza delle selve e del mare: per la loro oscura opposizione.

Alla quale non si arrende: al contrario, sente la sfida, ed anzi: dall'Uomo la pretende. Altrimenti, cosa ci staremmo a fare, a questo mondo...? Per subire fatalmente? Per rassegnarci all'idea che siamo preda degli elementi, non meno che dei nostri sentimenti irrazionali? Di questo vorrebbero convincerci, i preti e gli altri potenti. Così pensa Don Gemiliano.

E ripensa non a caso alla diffidenza provata fin da bambino per i miti e le favole: perché ricostruire attorno a sé un mondo irreale ed improbabile, quando il mondo reale nascondeva dentro di sé un mistero molto più affascinante, proprio in quanto vero e, forse, accessibile? Per lui l'immaginazione non era mai una fantasticheria, ogni sogno doveva essere un progetto, ogni visione una profezia. Tutto il resto, fine a se stesso, tempo sprecato. Per questo, le sue frequenti camminate sopra quei colli, che scatenavano tante ironie tra i popolani e i professori, non erano mai passeggiate, ma perlustrazioni. E quelle apparenti digressioni non si sarebbero mai risolte in divagazioni. Questo sapeva. Sapeva di cercare qualcosa, con scrupolo e con cura, pur senza sapere ancora cosa. E di questo certo sorrideva, per quanto somigliava, quella sua ricerca, a quella fede ch'egli inconfessabilmente non aveva. Credere... In che Cosa? In un padre che ti ha generato...: mosso da cosa? Dal desiderio di avere te, che già t'aveva in mente, che già t'amava, o non piuttosto, molto più semplicemente, mosso dal desiderio per il corpo di tua madre? E dove nasce il dovere di amare un padre che ha solo deposto un seme? Un padre che non ci ha mai conosciuti? Un padre che quando dovesse reincontrarci e chiederci come ci siamo comportati in vita, se abbiamo fatto bene o male, ed onorato il nome suo, beh, cosa dovremo rispondergli? "E tu?" questo gli risponderemo. "E tu: dov'eri? Quando io ti pregai di esserci, e di parlarmi, e di premiarmi per i miei meriti, e di proteggermi, perché non mi perdessi, tu, dov'eri?". Così pensava, Don Gemiliano, troppo spesso e da troppo tempo. Ricordava le prime punizioni dei piccoli frati presso i quali era cresciuto, all'Annunziata. Loro così sconfortati e semplici, lui così puerilmente ostinatamente serio...! Poi ripensava a Paolo, e a Pietro, ripensava al passato perso ed al futuro (che lo sarebbe stato). Ed anche quel giorno, anche quella mattina a Tuvixeddu, si sarebbe scosso, sarebbe riuscito a ricacciare nel profondo quel pensiero, se dal silenzio non fosse emerso un canto.

Il sole era alto, la luce lo accecava; posò la cartella sul terreno, con molta cautela, e scivolò verso un gruppo di massi oltre il quale, gli era parso, fosse emerso.

Fu allora che vide la Ninfa.

Saltellava a piedi nudi sulle rocce, ogni saltello scottandosi i piedini. E lanciava risolini brevi ed acuti, com'è tipico vezzo delle bimbe. Vestiva di un cencio leggero, come una tunica tutta sfilacciata, ed i capelli impastati della terra giallastra cui era avvolta. Era figlia, certamente, di quelle genti che, diseredate, sopravvivevano come bestie nelle grotte, scendendo la sera lungo la Via Reale, ad elemosinare, per morder pietra che somigliasse a pane. Era lei a cantare: «*No teng'ita bappai, e appu mort'una pudda / no mi 'oll'inkarenai, de bicokkedda 'e nudda!*»[1]. Così cantilenava nella luce, saltello dopo saltello, e Don Gemiliano, abbagliato, l'ascoltava poco distante: la bimba era infatti poco sotto di lui, in una specie di valletta, uscita probabilmente dalla sua tana per giocare con le sue filastrocche... quando d'un tratto s'interruppe. Tacque, e stette ferma su un masso, con un piede levato. Piegò il capo per ascoltare, come fanno gli animali selvatici quando temono un agguato. E sembrò annusare il vento. Aveva la carnagione chiarissima, sebbene fosse abbronzata dal troppo sole, e brillava in quell'età assoluta che non è più infanzia ma non è ancora adulta. "*Funti nasus impari, ingannu e bajadia / aspettammì a s'edadi, ki ses droppu bippìa!*"[2] pensò tra sé l'uomo. E quella si voltò verso di lui, che la spiava dall'alto.

Per un attimo l'osservò, con curiosità; poi, con un unico salto, sparì tra un masso e l'altro.

[1] Non ho niente da mangiare, perciò ho ucciso una gallina / non mi voglio incatenare, perché sono ancora bambina.
[2] Sono nati insieme, l'inganno e la bambina / aspettiamo che tu cresca, perché sei troppo piccina!

«Ho incontrato una ninfa...» confessò a Flora, quella stessa notte «o forse era un angelo...» E Flora si accoccola dentro di lui, respirando tiepida: lui sa che lei comprende tutto, perché conosce le debolezze umane, e quando lui le parla, in quel modo semplice e schietto, lei si sente meglio. Lui, il suo marito, quel grande e grosso bambino nel suo letto, che fuori del letto non è mai riuscito a parlare con nessuno: a parlare, a parlare davvero, perché altra cosa sono le discussioni accademiche, dall'alto di quelle cattedre pompose, sotto quelle parrucche polverose, altro è parlare, confidare a qualcuno i propri sogni segreti, le nostre ingenue speranze, che sappiamo così vulnerabili, così incerte. Altro ancora è parlare nel profondo del proprio letto, con la propria moglie, che è pronta ad accoglierci, non per giudicare: inspira il suo sospiro tiepido nel nostro petto, per confortarci, per farci coraggio, specie quando è lei che teme d'essere sola e senza difese, ci fa sentir più forti, e questa vita così precaria ci appare allora la nave più sicura che abbiamo costruita, e quel nostro petto virile, così colmo di ansie, ci sembra allora la più solida carena! Lei, donna, lo sa, e accoccola il capo su quel petto, e ascolta il suo uomo, che l'accarezza. Sa che lui le sta facendo il dono più grande, condividere la debolezza, e questa, per lei che si è sentita sempre così inadatta, così inadeguata ad affrontare la solitudine altissima di lui, ecco, questa condivisione è l'unica cosa che glielo faccia sentire vicino, simile a se stessa, e loro cosa sola. Lui dorme e sogna quella bimba che canta leggera: la vede saltellare sotto il sole, come l'ha conosciuta; e d'improvviso quei massi sui quali saltella prendono a muoversi come animati, prendono a seguirla, e lei ne è fiera; tutte le pietre si pongono via via in fila, l'una appresso all'altra, e lei cantando le conduce, e come spesso capita ne' sogni (e meno consapevolmente nella veglia) adesso Gemiliano s'identifica con quella bimba, lui stesso è al contempo colui che canta e colui che la contempla; quando d'un tratto, dalle migliaia di grotte piccole e grandi che li circondano, ecco ch'emergono esseri d'ogni forma: prima animali selvatici, coperti di pelo folto e fulvo, quindi mostri sbavanti, col capo di becco e il corpo di bruco, e infine uomini, o ciò che ne rimane, perché paiono lebbrosi o piuttosto cadaveri animati, che iniziano a seguirli zoppicanti! Gemiliano non fa in tempo a terrorizzarsi, per quel corteo mostruoso di cui si sente al tempo stesso guida ed ostaggio, evocatore e prigioniero, che sente precipitar se stesso in un baratro, e vede lei, la bimba, che lo precede nel vuoto, gridando.

Così, quella notte, si sveglia di soprassalto. Il letto è improvvisamente gelido, Flora non gli è più accanto: sente che fuori una brevissima pioggia s'è trasformata in una grandinata furiosa. La prima cosa a cui pensa è il raccolto di quell'anno, che sarà perduto. Ma poi pensa a quel freddo, e al piccolo Pietro. Si alza precipitoso ed è nella stanza del figlio. Giustina, ch'era rimasta a vegliarlo, dorme affranta sulla sedia. Pietro, invece, sfebbrato, fissa il soffitto sbalordito.

«È grandine...» gli sorride il padre, inginocchiandosi accanto al letto e toccandogli il viso con un dito.

Il figlio guarda il padre stupito: «Ma non è Primavera...?».

Il cuore di Gemiliano si chiude in un pugno, ha un attimo di capogiro, ma reagisce: «A volte» sospira affettuoso «le stagioni ci tradiscono... E come accadono giornate di sole durante l'Inverno, che fanno fiorire anzitempo le piante, così ci sono notti spaventose, che interrompono bruscamente le belle stagioni...» così gli dice il padre; che subito ripensa a quanto ha detto, e se ne pente. Ma nella vita è sempre troppo tardi, per tutto. E quando ce ne rendiamo conto, il petto ci si stringe come un pugno pieno di pietre. Allora si piega pesante e lieve sul volto del figlio, che lo guarda felice e imbarazzato, e lo bacia piano, sulle gote e sulle tempie, e deve trattener le lacrime, per non dire a se stesso, ma soprattutto a quel piccolo germoglio, che ha paura anche lui, come hanno paura tutti, gli uomini e le donne, le bestie e le piante e anche le pietre, e anche le nuvole spazzate dal vento, hanno paura, e piovono lacrime, e anche quella grandine, che fa paura agli esseri viventi, è essa stessa terrore per se stessa, come colui che commettendo un delitto atroce non riesce a sopportare il proprio peso e su se stesso cede.

Paolo, di sotto, ha sentito tutto: i passi concitati del padre, lo scricchiolio del suo inginocchiarsi, e quei sussurri d'amore filiale: i denti gli battono come battono le tegole, soffia come il vento tra le imposte, e le lacrime di rabbia gli solcano il volto. Odia talmente padre e fratello, e quel loro dialogo segreto, che vorrebbe morirne ancora più di quanto vorrebbe la morte loro! Si piega, contraendo l'addome, e non fa in tempo a tirare verso di sé il pitale, che vomita sangue sul pavimento.

Il sole è ormai alto. Simplicio osserva gli operai.

Anche quel giorno il suo padrone si è fidato di lui, gli ha lasciato il comando. E lui si sente un gran nocchiero, alla guida di quelle piccole schiere di rematori, che remano il terreno con picconi e pale. Non ne possono più di quegli scavi inutili, e le loro proteste si fanno sempre più rabbiose, specie quando non c'è lo Stampacino e rimane quel povero scemo, a fingere d'essere il direttore. Ormai nel terreno lievemente scosceso sono state scavate due lunghe trincee, perpendicolari, e due più piccole al centro, a forma di croce. Simplicio si è convinto che quelle siano le regole delle nuove scienze archeologiche che poi, diciamoci la verità, sono i soliti tentativi dell'uomo di trovar tesori... Ma si domanda Simplicio, non diversamente da quegli operai, che razza di tesori si potrebbero trovare, in quei fanghi, che non sono mai stati trovati né palazzi né fonti e nemmeno strade antiche degne di questo nome? Com'è possibile che ci siano stati fasti per una cittadina che non ne ha conservato, non dico le memorie, ma nemmeno le storie, le leggende, niente...? È mai possibile?

«Sarà molto se troveremo i resti di qualche porcilaia!» grida uno, lanciando il piccone con un insulto, che la paga non val la pena di sacrificar giornate da bracciante in campagna! E si siede per terra, l'ammutinato, asciugandosi il sudore. Simplicio lo guarda severo, e gli fa cenno che se vuole può anche andarsene. E per un attimo s'infastidisce con se stesso, perché contemporaneamente ha dubitato del padrone ed ha pensato: "E se davvero non sapesse neanche lui cosa sta cercando, e dove?".

Nel mentre Don Gemiliano incespica, risalendo faticosamente il fianco di Tuvixeddu, roccioso e ripido; gli è scivolato il piede in una feritoia e si è anche ferito; il sole è alto e non sembra vero come stia mutando il tempo, in questa assurda Primavera, che la superstizione crede gravida di pianto. Così, giunto alla cima, si guarda attorno: lo sguardo perlustra attentamente l'altopiano sul quale si aprono, a corona, i bassi alveari delle cave. Gli è parso d'intravedere un'ombra, muoversi in una grotta, ma teme ad avvicinarsi. Allora si siede, spalanca la sua cartella, si appresta a disegnare, studiando i profili del colle, nel fianco basso che ha appena risalito, e che domina la Via Reale e, ancora più sotto, la distesa degli stagni di Sant'Avendrace, coi loro cumuli candidi di sale.

Soffia il maestrale, attorno a lui: e soffiando per quell'altopiano brullo suona come un lamento protratto, cupo cupo; forse è perché s'incanala negli antri di quelle cave, forse per questo sembra rintronare profondo l'interno del colle... Allora pensa che quella spugna di tufo, quel formicaio di anime, è tutto intriso dei corpi (e degli spiriti) di genti morte nei secoli. Perché quelle cave erano state, prima o dopo, o forse durante, delle tombe, e Don Gemiliano riflette sul fatto che oggi sono anche dimore, e si risolve a pensare che, in fondo, quegli spazi di vita e morte, azione e consunzione, estrazione e vuoto, coincidono nel mondo. Si volta ancora a guardarle, quelle bocche e quelle orecchie, e quelle narici, di diverse fogge, aperte verso di lui, e si domanda dove sia lei. Quand'ecco che sente uno scroscio di pietrisco, dei passi affrettati che risalgono la parete, ai suoi piedi: «Padrone!» esclama Simplicio e, giuntogli innanzi, dice, ansimante: «Come dicevate voi: due muri, ad angolo, e sono lunghi, e larghi, e paiono intonacati!».

PARTE SECONDA

«Sei felice?»

«E tu, sei felice?»

«Finalmente casa. Casa nostra, adesso. Sento la pace, quella profonda, quella che può essere anche malinconica, ma è serena. Anche quando attorno turbina tutto e brucia, anche quando tutto sembra dissiparsi, c'è un luogo, forse uno spazio mentale, o spirituale, dove la nostra vita sembra fluire lenta, placata, come una vena d'acqua profonda... che riemerge inaspettata, o tanto attesa... Pensavo, ecco, che tutto ebbe inizio con la scoperta di Orfeo... Inizialmente, quando riemerse la villa, e i muri istoriati, e quel mosaico, con l'immagine di quell'eroe che guidava le bestie, non vi pensai... Poi, la sera in cui venne illustrato all'Università di Torino, allora ripensai al mito, ripensai alla storia di Orfeo e di Euridice, e pensai a te, ovviamente, e pensai a noi...»

«Sì, lo so...» rispose Flora, nel buio.

«Quante volte a Torino non ti trovavo, accanto a me, a letto, e mi sembrava d'impazzire! Avrei voluto tornare indietro, ma... sì. Io mi sentivo solo... io non ci avevo mai pensato. E solo qui, e solo adesso, mi rendo conto di tutto. Perché quando rientri nella tua casa di un tempo, nella tua casa di sempre, dopo anni d'assenza, provi una sensazione inspiegabile, perché tutto sembra rimasto identico eppure tutto è invecchiato: ecco, in questo modo, forse solo in questo modo, ti rendi conto di quanto sei invecchiato...! Perché il tempo trascorso sulla tua pelle si rispecchia in quello trascorso sui muri, le rughe come crepe, le ossa che cedono come queste travi di ginepro, la schiena che s'imbarca come questo tetto... Eppure... eppure quella sua presenza, quella sua persistenza nel tempo, sebbene non intatta, anzi a maggior ragione, ti dà un senso di pace, forse non di speranza, ma di certezza... Casa! Per questo, adesso sento che possiamo riaffondare quieti, e insieme, in questo ritmo placido...»

«Sei felice, adesso?»

«E tu, sei felice tu? E come stai, davvero?»

Per quasi quattro anni Don Gemiliano Deidda visse a Torino: a Torino portò il grande mosaico di Orfeo, quel frammento di mondo antico che lui si era limitato a disseppellire e che – ironia della Storia – più di ogni altra cosa, più di ogni altro fatto od impresa lo avrebbe reso famoso e degno di stima: e d'accordo con Don Baller (tronfio come s'avesse scoperto il più grande diamante del mondo!) lo donò al Re, che ne fece il pezzo più pregiato del Museo Archeologico. A Torino Don Gemiliano Deidda poté essere conosciuto, e la sua proposta di riforma monetaria, che l'Intendenza di Cagliari avea tentato d'insabbiare in tutti i modi, trovò quei sostenitori che di lì a pochi anni ne avrebbero fatto Legge del Regno.

Così, dopo quasi quattro anni, Don Gemiliano Deidda tornò a Cagliari con gloria: il Re lo aveva insignito del titolo di Cavaliere, e non solo: in segno d'ammirazione e gratitudine ed incoraggiamento, gli aveva fatto dono di una vastissima biblioteca scientifica, e di tali e tanti moderni strumenti, per esperimenti di matematica e fisica, e chimica ed astronomia, e ingegneria, che il laboratorio privato di Deidda divenne ben presto, nella miserabile cittadina, un impluvio d'invidia, e trasformò rapidissimamente quella che un tempo era stata ironia, e poi diffidenza, e poi disprezzo (per quel professore venuto dal niente, autodidatta arrogante che avea preteso di divenir scienziato, e in tutti i campi, in medicina, economia, e infino archeologo!) in odio.

«Sono tornato...» sospirò a Flora, quella notte, stringendola al petto «Don Gavino Nieddu, molto semplicemente, mi ha chiesto perché l'ho fatto... ed io molto semplicemente gli ho risposto: perché è la mia città! Ed allo stesso modo continuo a rispondere a tutti coloro che, anche in questi giorni, continuano a chiedermi perché non mi trasferisco in Castello...: davvero è così difficile capire che desidero tornare, e vivere, e morire, a casa mia? La verità... la verità è che, se vivo, per vivere, mi devo sentire utile... È così: e per sentirmi utile io devo stare qui. Che senso avrebbe, vivere e morire a Torino, dove tutti sono migliori, più intelligenti e più colti di me? In quattro anni mi hanno insegnato tutto quello che avrei potuto imparare, ed io mi sento in quell'età nella quale è più utile distribuire ciò che si è accumulato, invece che continuare a mettere insieme depositi di sapienza sovrabbondanti, che rischierei di far marcire in me, inutilmente...! È così: a volte, quando mi accorgo di aver speso un'intera giornata ad apprendere, su un libro, qualcosa che ancora non sapevo, qualcosa di accademico, magari, che non avrà alcuna applicazione pratica, che non migliorerà la vita quotidiana di nessuno, ma che solo contribuisce a consolarmi l'animo, facendomi sentire più saggio, ebbene: mi accorgo di aver perso quella giornata! *Cui prodest?* Non avrei fatto meglio a seminare il mio grano, sebbene povero, sebbene gramo, invece che continuare a nutrirmi voracemente del buon pane altrui, che mi è stato offerto? V'è nella vita l'età d'essere aiutati, e v'è un'altra età per aiutare gli altri. La verità è che mi sentivo spaesato...» confessa silenziosamente alla moglie, nel cavo tiepido di quel loro rifugio rarefatto. «Tu non immagini l'impressione di quelle vie, larghe e lastricate, dritte e piatte, perfettamente perpendicolari le une alle altre... Io sono uomo piccolo, da rocche scalcinate circondate da strade sterrate, da rioni popolari, ecco, da cortiletti interni adattati a minuscoli orti familiari... Io mi sentivo solo, a Torino...»

«E Pietro?»

«La verità è che Pietro sarebbe morto sicuramente, se fossimo stati lassù ancora un Inverno... I medici, inizialmente, mi avevano rassicurato...: con un certo paternalismo mi avevano spiegato che l'aria di montagna gli avrebbe giovato, ripulito e riaperto i bronchi, gravati dalle mefitiche esalazioni delle marine stagnanti, qui giù da noi, che gli avevano impregnato i polmoni... Ed effettivamente il primo anno in Piemonte Pietro è sembrato star meglio: la nuova aria, ma soprattutto quella nuova vita, lo hanno tirato fuori dal letto, ha frequentato il collegio, ha fatto amicizie, sai, ed io... ecco, io, lo devo ammettere: per un certo periodo, un lungo periodo, mi sono illuso... Quella saccenza dei dottori mi aveva soggiogato, mi aveva addirittura fatto sentire in colpa, per la condizione nella quale avevo condannato mio figlio...! Ci sono stati mesi ne' quali, vedendo Pietro ristabilirsi, riprendersi, sentirsi uguale agli altri ragazzi, correre e litigare, studiare e disubbidirmi, ecco, ci sono stati mesi ne' quali ho maledetto me stesso, per la follia di non essere partito prima, di non essermi imbarcato prima in quel bastimento! E invece... Se nella bella stagione Pietro stava meglio, e cresceva, e si ricacciava quella tosse e quella febbre nelle cavità del suo corpo fragile, durante l'Inverno quelle scosse e quei fremiti riemergevano, violenti, violentissimi, ed il suo corpicino repentinamente ritornava gracile, e spesso la mattina non aveva la forza per rialzarsi dal letto... Mi fissava allora con quei suoi grandi occhi – i tuoi occhi – come a chiedermi perché, che senso ha, non ero dunque guarito...? Interrogavo i medici, sempre più insofferenti nei miei confronti, che mi sarei dovuto fidare, ed io mi fidavo, Flora, anche se l'apprensione aumentava Inverno dopo Inverno... e mi accorgevo che quella saccenza era solo una delle tante espressioni della superbia che, in quattro anni, ha accompagnato la mia presenza in quei luoghi... Io Nazionale, per non dire Sardo o peggio, come sussurrano, Sardignolo... come un mulo, capisci, e il mio lavoro non diversamente da quello, di girare la mola, senza troppo guardarmi attorno. Che quando me ne sono reso conto, Flora, ho capito. Che a volte, nella nostra vita, andiamo a cercare la soluzione di un problema altrove, poiché non la vediamo accanto, iniziamo a muoverci in cerchi concentrici, sempre più ampi, e in questo modo ci allontaniamo sempre di più dalla sua origine, e percorriamo orbite sempre più distanti, e perdiamo il senso di quello che stiamo cercando, sebbene lo abbiamo sempre sotto gli occhi, ma sempre più lontano. Per questo sono tornato.»

«E Paolo?»

«Paolo è perduto.»

Un fiotto di sangue schizza alto: la lama del coltello affonda con forza nella giugulare della bestia, che sembra scuotersi in un ennesimo rantolo, sebbene sia già morta. Tutti esultano: la bestia, l'immane capo abbattuto sul terreno, come la radice tozza di un albero, sembra un diavolo disseppellito dall'Averno, coperto di un pelo scuro, compatto, e da una corazza di muscoli talmente caparbi che quasi coltelli e mani di cacciatori non riescono a sbranarli, e quel muso contratto, con la bava raggrumata da un lato, quell'occhio sgranato in un ringhio di orrore che è la Morte stessa, la sua eco insistente, il suo urlo persistente: intatto. Paolo si volta verso i suoi compagni, ma nel suo sguardo non c'è solo orgoglio: c'è anche una specie di sgomento, come lo smarrimento della ragione iniziale, che lo ha mosso...: è come se chiedesse, certo a se stesso: "Che ho fatto...?"; ma solo per un attimo; è come se chiedesse ai suoi compagni: "Perché ho esitato...?". Nessuno si domanda perché abbia inferto quel colpo; ed anzi, tutti esultano, ed è proprio questo che lo ha sorpreso. Ma solo per un attimo. «Tuo padre è tornato...» gli ha chiesto un compagno; e Paolo non gli ha neanche risposto. Per quasi quattro anni suo padre è stato lettere di lamentazioni, accuse, minacce. Ed ogni lettera era una ragione in più per riempire quella casa di amici ubriachi e di bagasce, per impegnare i mobili, prima, e svendere le stoviglie e la biancheria, poi; per rifugiarsi in campagna, per sfuggire ai creditori, ed ai padri ed ai fratelli delle disonorate. Per quasi quattro anni ha cacciato cinghiali e cervi e daini, e bevuto vino, e sperimentato la risata virile, l'assoluzione permanente dei compagni, e la tensione dei muscoli ed il piacere fisico che si nutre di un istinto irriducibilmente sadico. Come immagina la sua vita? Lui ha in mente il presente, solo il presente, come una battuta di caccia. Il futuro è l'attimo dell'agguato, è quello sparo isolato, la conclusione di tutto; mentre la vita, l'unica cosa importante, è quell'appostamento convulso e trepidante, che lo precede.

«*De Jastedd'a Tturinu s'imbarkant' is dottoris: / getta ggetta su bbinu, ki bboccid' is doloris!*»[1]: così scherza il ragazzo, per far ridere i suoi compagni. Urla e bestemmia, e brinda in nome del padre, e del figliolo, e per lo spirito santo che è quel vino!

Dicono che il grande pranzo si è dissolto solo nel pomeriggio; che i servi erano esausti, quando si sono messi a raccogliere i resti, tra i giovanotti ubriachi; dicono che ce n'erano sparsi un po' dappertutto, nel podere, chi franato sul tavolo, chi sotto il tavolo, chi steso lungo sul prato, chi accovacciato dentro un cespuglio, accasciato nel suo stesso vomito.

Dicono che a quell'ora il sole stava tramontando, e c'era molto silenzio, specie se raffrontato al clamore del pranzo. E dicono che per tutto il pasto Paolo Deidda, più degli altri, avea molestato le serve, ed in particolare una, che è la più bella e perciò la più attenta, e ch'ella difatti rifuggiva il ragazzo e le sue mani, ma quello sempre la cercava, sempre con maggiore insistenza, e, quando respinto, la insultava a voce alta, ricavando gl'incitamenti dei suoi compari, che più delle stesse femmine son ciò che cercano tutti i maschi.

Dicono che poi, mentre i servi stavano raccogliendo i resti di cibo e le stoviglie sparse d'intorno, abbiano udito un pianto sordo e, accorsi, dentro un lentischio, là nella fossa dove la cagna ha partorito, là abbiano trovato la più piccola,

[1] Da Cagliari a Torino s'imbarcano i dottori: getta, getta il vino, che spenga questi dolori!

sorella minore della più bella, che piangeva disperata, tutta scoperta, nel fango.

Dicono che Paolo Deidda, poco distante, in piedi, ondeggiando su se stesso, si ricomponesse, senza vergogna, ed anzi con somma arroganza si sia voltato verso chi, sconvolto, gli chiedeva conto, e ripetesse: «Quale bambina?» a mo' di sfida. «Quella, forse?»

Dicono che, scatenatasi una protesta furibonda, giacché i fratelli della bambina si son scagliati contro il gentiluomo, ed altri hanno tentato di fermarli, Paolo Deidda abbia sguainato la spada, minacciando di sbudellare tutti, completando in quella maniera la bella opera che avea iniziata poco prima con ben altre budella!

Alcuni de' suoi compagni, a quel punto, si son destati, e intervenuti in sua difesa, e quando le minacce intrecciate degli uni e degli altri hanno stretto la disputa in un groviglio solo, è stato proprio Deidda ad esclamare che gli fosse condotto innanzi il padre della piccola.

Quando l'uomo, sconvolto, è stato sospinto al cospetto del gentiluomo, si è guardato attorno, come se non capisse, giacché per primo non sapeva cosa aspettarsi, e cosa fare. Al che, Paolo Deidda, rivolto con sufficienza a un suo compagno, pare che gli abbia chiesto: «Presto, datemi due reali!»; e quando li ha avuti in pugno ha messo il primo nella mano tremante del pover'uomo, dicendogli: «Questo è per l'onore di vostra figlia!», così gli ha detto, «Quanto ne vale!», e quindi, quando le forche dei fratelli si stavano già avventando su di lui, ha aggiunto: «E questo secondo reale è per il mio onore, che ne vale altrettanto...!».

Si dice che in quegli stessi giorni il Cavalier Deidda abbia ripreso con le sue passeggiate.

Pare che poco o niente si curi delle disgrazie della sua famiglia, con il figlio maggiore furfante e quello minore che, con il ritorno in Sardegna, e l'appropinquarsi della brutta stagione, è tornato preda del suo male; nondimeno si disinteressi de' suoi studi, il Professore, che pure gli hanno procurato la benevolenza reale, e la generosità di un laboratorio che, pare, s'impolvera in Castello, dove il Nostro non si fa neanche vedere. Pare che stia tutto il giorno a passeggiare tra Stampace e l'Annunziata, e che spesso, dopo aver dato una scorsa a quegli scavi che gli hanno dato fama, si inerpichi tra i viottoli di Tuvixeddu, e stia per ore ed ore a vagolar tra i resti di quelle tombe che devono incutergli una grande soggezione, ed attrazione, se è vero che ne viene come rapito, e passa il tempo a rimirarle, ripetendo fra sé formule oscure, forse domande arcane, e il popolo a ragione torna a chiamarlo Lo Stregone, dimentico del merito che il Nostro ha nella Scienza... Ma è risaputo che, per l'uomo semplice, hanno più fascino, non già le verità alla luce del sole, quanto i sospetti che s'allignano nell'ombre. Ed egli stesso, in quelle ombre, è stato visto inoltrarsi, e scomparire, per riapparire solo dopo molte ore, lordo di polvere, dopo aver evidentemente esplorato que' cunicoli che gli Antichi adoperavano per le proprie sepolture... Si dice, anche, ma sono solo voci, voci di popolo, ovviamente, che forse il Nostro non s'inabissi laggiù per morti, quanto per vivi. Con ciò riferendosi, assai certamente, a quelle genti che si rifugiano solitamente in quegli anfratti, e vivono di stenti, e di elemosine, o d'altri accorgimenti tutt'altro che urbani. Dice anche una donna, una mendicante, che le fu chiesto dal Nostro se conoscesse delle bambine bionde, che avessero abitato in quelle grotte nei precedenti anni. Dice la donna d'avergli spiegato che non ve ne son state tante, e se talune vi sono nate, in quelle grotte, certo le suore o i preti o altri signori perbene le hanno portate via, in tenera età, perché fossero cresciute in onestà, in città, negli istituti, e magari adottate o messe a servizio di qualche casa rispettabile.

Ma c'è di più. C'è infatti un bambinello, un servopastore, che porta le pecore di Sant'Avendrace, che afferma di averlo visto, Il Matto, una mattina presto, alle pendici del colle. Era in compagnia di una bambina bionda, che il pastorello ha chiamato Sùrbile, e pare che il Nostro la seguisse, e quella saltellando, come in un gioco, lo inducesse a soffermarsi su qualche pietra particolare, o qualche crepaccio (cosa che ci farebbe concludere, se fossimo mossi da malizia, e non da spirito di verità, che il Nostro dovesse essere più interessato a qualche piega particolare, risalendo il polpaccio!).

Don Gemiliano annunciò a Simplicio che la mattina seguente sarebbero partiti presto, di sellare il cavallo. Sarebbero stati fuori almeno quattro giorni.

In quelle settimane, in Città, s'era sparsa la voce che il potente e temibile Ministro Bogino, che aveva protetto e favorito il ritorno del Cavalier Deidda nell'Isola, gli avesse affidato un importante incarico, che aveva ulteriormente fomentato le invidie e le diffidenze nei confronti del Professore: si diceva si trattasse di un'immane opera pubblica, per la quale si sarebbero spese ingenti somme: bonificare le terre della Baronia di Quarto. Per questa ragione Simplicio pensò che quella mattina si sarebbero diretti verso Oriente, al di là di Castello, lungo la Via De Is Argiolas, che portava a Quarto. E già pensava alle vigne che avrebbe visto, e agli ovili bianchi, e alle chiesette campestri che avrebbero incontrato, e soprattutto alla statua nera di Sant'Elena, cinta di ori, alla maniera araba, che gli avevano raccontato; quando s'accorse che il suo padrone s'era messo in strada lungo la Via Reale, in direzione opposta, verso Occidente. Avrebbe voluto chiedergli: "Dove andiamo?". Ma un servo non fa domande. Don Gemiliano, poi, in particolare, amava farle lui, le domande, e il più delle volte anche rispondere. Così, Simplicio non faceva mai domande, se non quando sapeva di solleticare il piacere del suo padrone, e il più delle volte non rispondeva neanche alle interrogazioni, se non per suscitare nuove spiegazioni. Gli piaceva, insomma, poter rallegrare Don Gemiliano, al punto che fingeva, molto spesso, d'essere più ignorante o addirittura più ingenuo di quanto non era, purché Don Gemiliano gli potesse insegnare e spiegare le cose del mondo; che poi, il più delle volte, parevano al servo più semplici di quanto credesse il suo padrone, e lo spingevano a pensare, dentro di sé: "Forse la loro cultura li allontana dall'essenza de' problemi e dalle vere soluzioni, anziché avvicinarli, e ciò che appare semplice, alla luce del sole, suscita diffidenza nelle persone colte, attratte dalle cose complicate e oscure, e l'evidenza è per loro troppo umiliante". Pensando questo, ma senza alcun malanimo ed anzi provando la solita tenerezza, per Don Gemiliano che lo rendeva partecipe di quella debolezza, seguiva col suo asino il cavallo del padrone, diretti, secondo lui, in direzione opposta rispetto a dove sarebbero dovuti andare.

Incrociavano lungo la Via Reale sempre più carri, carichi di granaglie e di verdure, diretti alla Città e guidati da paesani già esausti, della giornata e della vita, ma l'espressione di chi spera ancora nel ritorno e, soprattutto, nella destra pesante. Il sole sorgeva alle loro spalle e rendeva abbaglianti i cumuli di sale lungo gli stagni di Santa Gilla. Il Popolo Rosso, a bagno nelle immense vasche, si stringeva in capannelli infreddoliti per pescare. Barchette sottili rientravano nella laguna, in stormi radi, e dondolando così leggere da non sembrare per niente cariche.

Intanto i raggi del sole, sempre meno obliqui, diradavano e distendevano le nuvole in lunghe strisce parallele, sempre più sfumate, e Don Gemiliano attaccò a spiegare forma e caratteri delle diverse nubi, esponendo a Simplicio le varie teorie sulle loro essenze e vitalità variegate; e poiché il servo gli stava alle spalle, camminando le loro bestie l'una appresso all'altra, lungo la linea delle cunette, sembrava che il padrone parlasse al cielo, a se stesso o piuttosto a nessuno. Nel mentre, Simplicio, che conosceva a memoria quelle teorie, dell'aria e delle temperature, e anche di quelle arcane pressioni che pare schiacciassero il cielo come fa il vento nelle vele, pensava tra sé che era assai meglio credere, come gli antichi, negli dèi del sole e delle nuvole, col carro che correva sulle strade del cielo e scatenava le piogge, e anche il fulmine, non fosse nient'altro che la saetta di Giove! Perché, si domandava, rinunciare a quelle favole, che spiegavano perfettamente le cose del mondo, ed erano pure belle da ascoltare, per ostinarsi a ricostruire moti ancora più oscuri ed inspiegabili di quelli che avrebbero mosso divinità così umane? Non era forse preferibile credere a volontà e capricci così familiari, piuttosto che a forze estranee, non meno imprevedibili e incontrollabili delle credenze popolari? Don Gemiliano le chiamava superstizioni, e Simplicio si domandava cosa c'era di male: sì, perché Don Gemiliano, come tutti i dottori, dava a certe parole un valore in sé, che le rendeva utili o deprecabili intrinsecamente. E questo per Simplicio rappresentava il limite, il confine tra sé ed il suo padrone, che interrompeva i dialoghi, la possibilità stessa di portarli avanti: e percepire che i potenti utilizzavano proprio quel limite come fossato tra le proprie verità e gli umili, lo aveva sempre insospettito. Se non avesse saputo che Don Gemiliano era animato da un desiderio sincero di conoscenza, se non avesse capito che Don Gemiliano era convinto che ogni uomo ha diritto alla verità, e che la verità è una sola, valida per tutti, anche di lui avrebbe diffidato.

La prima sosta la fecero presso il Fangario, là dove il terreno cedeva in un'ampia fossa paludosa, là Don Gemiliano scese da cavallo ed iniziò a percorrere il declivio in lungo e in largo, finché trovò quanto stava cercando: «È qui, Simplicio!» lo richiamò tutto soddisfatto. «Lo ricordavo bene...». E recuperata la sua cartella iniziò a prendere nota dei resti di massicciata che emergevano dal fianco del fossato.

«Cosa sono?» domandò il servo, ed il padrone lo fissò a lungo, come se ragionasse sul rispondere o meno, tanto che Simplicio si sentì a disagio: "Per una volta che ho una curiosità sincera..." pensò "ho preteso troppo!".

Don Gemiliano gli sorrise con affetto, e questo bastò a Simplicio. Fu superfluo che, risalendo a cavallo per riprendere il cammino, rispondesse allegro: «Resti romani!» ripeté, «Resti romani!».

In quei giorni, trascorsi insieme, Simplicio capì che Don Gemiliano stava facendo una sorta di censimento dei resti romani ch'erano in quella regione: da Elmas ad Uta, da Uta a Decimomannu, e quindi volgendo verso Sud, verso Siliqua, e infine quasi a Domusnovas, il suo padrone non fece altro che fermarsi e prendere nota di ogni muro emergesse da un greto, di ogni pozzo si aprisse in un campo; e soprattutto chiedeva ai paesani e ai contadini, chiedeva se ricordavano la presenza di quei muri e di quei pozzi, e magari anche meno: se ricordassero anche solo pietre quadre o semplici buchi nel terreno. Ci fu un giorno, vicino al Castello di Acquafredda, che un contadino li condusse a vedere una specie di pozzo, stretto stretto, che costui raccontò fosse ostruito, ed all'interno murato di mattoncini posti fittamente, a regola d'arte, non certo costruito dai feudatari di quelle zone, che non avevano pensato ad altro che a tartassare i contadini, e tantomeno a finanziare lo scavo di pozzi così piccoli e così ben fatti (in una parola: inutili) in quelle piane, poi, nelle quali scorrevano i fiumi più ampi della regione! Simplicio vedeva che tutte queste scoperte, e queste considerazioni, entusiasmavano Don Gemiliano, e come al solito, quanto più si manifestava questo fenomeno, tanto più si domandava quale fosse il vantaggio di quel viaggio, se non quel divertimento fine a se stesso, e quel tempo non fosse perso, sottratto alla cura del patrimonio personale, che il figlio maggiore stava dilapidando, o della salute familiare, che nel figlio minore si stava dissipando, o di qualunque altro progetto, ecco, come quello di Quarto, del quale il suo padrone non aveva mai neanche accennato...!

Avrebbe voluto chiedere tutto questo, il servo al padrone, ma ogni qual volta Simplicio riusciva a raccogliere dentro il suo petto abbastanza coraggio, o abbastanza amore, per domandare, accadeva qualcosa che li distraeva entrambi. Come quella mattina prestissimo, prima dell'alba, che entrarono in quel relitto di foresta primordiale, lungo il fiume, che si allargava piatto in una sorta di palude, e passarono a cavallo sotto le volte ramate dei radi boschi di frassini, e pioppi muschiati, e il passo delle bestie si era fatto leggero, sul tappeto morbido di foglie morte, e tutt'attorno a loro erano vaste pozze di acque basse che sembravano frammenti di specchi caduti dal cielo, e poco lontano videro piccoli gruppi di pescatori che, cauti come ladri nella notte, rivoltavano delicatamente zolle di fango. Udito l'arrivo dei due uomini levarono il capo con ansia e gli indirizzarono ampi gesti del braccio, come a pregarli di fare silenzio. Perciò si fermarono, e stettero ad osservare da poco lontano quelle misteriose operazioni. Don Gemiliano rimase impressionato quando, dopo alcuni tentativi andati a vuoto, a qualche metro dalla prima zolla, i pescatori ne sollevarono un'altra, e sotto di essa svelarono un immenso ammasso livido e gelatinoso, che in realtà erano venti o quaranta o forse cento anguille, aggrovigliate fra loro, ancora stordite dal lungo letargo.

Ma fu solo durante il viaggio di ritorno, dopo giorni trascorsi in quelle strane ricerche, in quegli inconcludenti interrogatori della gente e specie degli anziani, che il padrone gli parlò confidenzialmente. Esattamente quando riattraversarono i due ponti romani sullo stagno, fu allora che Don Gemiliano si confidò con lui, o forse vi tentò, perché il servo percepì che il suo padrone si sentiva a disagio, e avrebbe voluto confidargli molto di più, o molto meno: «Vedi Simplicio...» aveva detto fermandosi proprio al centro del ponte, o ciò che ne restava «io vorrei essere ricordato per aver fatto qualcosa...» così disse «ciascuno di noi vorrebbe essere ricordato dai propri cari, per essere stato un brav'uomo, un gran lavoratore, un buon padre di famiglia... Ecco: a me questo non basta. Io vorrei essere ricordato per aver fatto qualcosa di utile per tutti, qualcosa che tolga la fame e la sete e la malattia da questa terra...» ma qualche pensiero lo tormentava, e tentava di spiegarsi meglio, o forse, lo sguardo perso in quelle rovine, parlava a se stesso «per questo ho voluto fare questo viaggio...».

Ma Simplicio non capiva. E concluse che Don Gemiliano, con quel viaggio, non aveva voluto semplicemente compilare un catalogo di resti romani; qualcosa di più, aveva cercato, che pure non era emerso mai, nei loro sopralluoghi, nei loro incontri, nei loro discorsi: mai. E proprio nel momento in cui stava per chiedergli di spiegargli, di svelargli il mistero, forse il mistero di quel viaggio, forse il mistero della sua stessa vita, il suo padrone riprese a camminare, e lo lasciò indietro, e udì che, con quel suo tono falsamente scanzonato, si perdeva nell'eco di un: «E invece rischio d'essere ricordato come lo scopritore di un mosaico!».

Né si svelò il mistero, quando Don Gemiliano volle tornare numerose volte in quelle zone, più volte nei mesi successivi, per trattare con molti signori l'acquisto delle terre nelle quali avea scovato quelle rovine. Anzi, agli occhi di Simplicio quel mistero si era fatto ancora più fitto, e il solito pensiero prese a tormentarlo: «Perché con questo furore spreca tutto il suo denaro, nell'acquisto di quelle macerie...?» si confidò una notte con Giustina, mentre costei innaffiava piano piano le sue piantine, sul davanzale, sotto la luna piena, che pare il plenilunio favorisse la crescita dell'erba medicina. «Possibile che non pensi al fallimento della sua famiglia?» così si sfogò Simplicio, accorato. «A volte mi sembra che per lui sia tutto un gioco, un modo per distrarsi, pensare a disseppellire il mondo che era, e con quella stessa terra ricoprire la vita vera, alle sue spalle!» Giustina cessò d'innaffiare, e lo guardò, indecisa se redarguire lui, o piuttosto se stessa.

«*Su soli bbasu bbasu bandad' akkùa akkùa / ke mmel'in su jalasu, ti deni' mmamma dua...*»[1]

C'era una fata che si chiamava Lucia Raiòsa. Era la fata delle grotte profonde, nelle quali l'acqua purissima nasce e si nasconde e che, per quanto oscura, scintilla di luce propria. Era lei, Lucia Raiòsa, ad infondere la sua lucentezza, ed a questo doveva il suo nome. Ma la sua bellezza la rendeva vanitosa, e capricciosa, come sono spesso le fate (non meno delle streghe, perché son femmine entrambe). E quando, dalle streghette dispettose venne a sapere dell'esistenza del mare, fu troppa per lei l'incredulità (e troppa l'invidia!) nel sentire che esisteva una distesa di acque sterminate, disseminata di scintille infinite. Per questo, pregò Madre Natura di poter uscire dalla grotta e di poter raggiungere il mare, per accertarsi lei stessa che davvero esistesse, e tanto fosse lucente, ma costei le negò il permesso, come ogni madre nega il mondo alle figlie, quand'è ancora anzitempo, e può apparir loro, non un deserto di disinganni, ma un orizzonte di miraggi e meraviglie. La piccola fata, però, preda della curiosità, cui si aggiungeva, a quel punto, l'offesa e il gusto del proibito, decise di

[1] Il sole basso basso gioca a rimpiattino / come una mela nel cassetto ti conserva la mamma tua...

disubbidire e di sfuggire a quel divieto, e con le sue braccia argentine prese a scavare di nascosto un lungo canale che, attraversando montagne ed altopiani e tutte le piane ondulate del Campidano, le consentisse di raggiungere Cagliari, e il Golfo degli Angeli. E così accadde. Una notte, infatti, quella notte, finse di addormentarsi, nel cavo delle pozze che le facevano da culla, e appena Madre Natura fu assopita, scivolò segretamente nella corrente, dileguandosi. Non sapeva, Lucia Raiòsa, ancora bambina, che un demone delle rocce, accortosi di quella fuga, ne avesse approfittato per seguirla! Così, tutta ridente e inconsapevole, Lucia Raiòsa fluì dentro il canale, che attraversava la Sardegna intera, e nel tragitto si sentiva talmente fiera di se stessa, e tanto rapita da quella scelta temeraria, che già non si sentiva più la stessa, già era un'altra, e quando giunse finalmente sotto la Capitale, e il ghigno del demonio la graffiò alle spalle, non fece neanche in tempo ad accorgersi di quanto stava accadendo, che d'improvviso sfociò nel mare. Dove si perse. Questa è la triste storia di come vennero a toccarsi e confondersi, così funestamente, il mondo della luce e quello delle tenebre. Il demone, infatti, riuscito a riemergere dalle ombre e trascinatosi fin sulla riva, trovò un anfratto sul colle di Sant'Elia, che domina la Città. E ghignante del suo delitto, vive ancora là.

«A questo porta la vanità!» sospirò Giustina. «Nasce nel profondo del nostro animo e se la lasciamo emergere contagia tutta la comunità!»

Pietro teneva il volto verso la finestra, con le persiane discoste: «È sorto, adesso...?» domandò ancora una volta, e Giustina si alzò stancamente dalla sedia, e si accostò alla tela: «Non ancora» rispose scostandola «ma quasi».

Per il bambino la luce del sole, la mattina, significava sfebbrare. Teneva lo sguardo pallido nel vuoto del cielo rosato ed attendeva esausto. Giustina gli si accostò per detergergli il sudore.

«Parlami ancora del Diavolo...» le chiese sovrappensiero «di quando invade la Città...»

Ma dabbasso s'udì gridare «Maledetto!». Giustina accorse alla finestra, terrorizzata, e vide che nel cortile si affrontavano Simplicio e Paolo. Il vecchio aveva stretto il giovine per il bavero e lo teneva contro il muro: «Disgraziato!» gli gridava addosso. «Cosa hai fatto?!». Ed il ragazzo fremeva di rabbia e di orgoglio, in uno sguardo diabolico che fece orrore alla donna. Con uno strattone gettò il vecchio per terra e con un calcio lo rivoltò come un sacco: «Servo schifoso!» urlò, e mentre Giustina scoppiava in pianto, e Pietro tentava di strisciare fuori del letto, Paolo gridava: «Mi chiedi che cosa ho fatto?!» sputava sul corpo rannicchiato. «Ho rubato, e stuprato, e so far di peggio!». E il vecchio si scosse, puntando le spalle sullo steccato: «Perché fai questo a tuo padre?» lo interrogò. «Cosa ti ha fatto?!» e Paolo si fermò. Fissò il vecchio con uno sguardo severo, ma pensieroso: «Niente...» sussurrò duro «ma cosa ha fatto lui per me...?».

«Ti ha dato una casa, e un nome...»

«E cosa me ne faccio di questa concessione...?» disse ancora più piano.

C'è un'ombra che segue Paolo, mentre scivola nei vicoli: lui la sente, livida e liquida, che lo segue come una nuvola colma di pioggia e pianto. Neanche si volta: sa che è lì, dietro di lui, sempre più vicina. La mette alla prova: procede svelto, sempre più svelto, svolta nei vicoli sempre più stretti, prima di Stampace, poi della Marina; sa che lei è sempre lì, alle sue spalle, e quando intuisce che sta per toccarlo, con la sua orma pesante che lo avvolgerà come un mantello e lo serrerà come una mano fredda, si volta di scatto, per sorprenderla. Ma non c'è nulla, oltre se stesso.

In un angolo buio, sul retro del Mercato, c'è un gruppetto di *piccioccus de crobi*; ne chiama uno, lo spinge col suo bastone da passeggio, e quello zampetta avanti a lui, nel suo sacco di iuta, sbocconcellando ciò che resta di una crosta di formaggio secco.

Quella mattina portarono al professor Deidda un bambinello. Non avrà avuto sei anni. «Morto ammazzato...» dissero a Don Gemiliano con uno strano ringhio, strano e crudele, poiché lo avevano già informato, lo sapevano tutti, e c'era quindi in quella informazione inutile una specie di ghigno, complice con l'assassino. Il Professore fece finta di non aver colto e, dopo che gli inservienti ebbero posto il corpicino sul marmo e se ne furono andati, si voltò verso i suoi studenti, dicendo: «Stamane avrete il privilegio di assistere al sezionamento di un cadavere del quale ci si chiede di indicare la causa di morte. In questo modo» spiegò «potrete imparare a concepire la nostra Scienza come l'arte di cercare l'origine della fine. Al contrario della Religione, che cerca il fine dell'origine, noi procediamo a ritroso: noi non cerchiamo la meta della vita, ma meramente la ricostruiamo. Ecco» concluse «la Medicina sta tutta qui, in fondo, perché la vita stessa è tutta qui: e le uniche tracce del suo passaggio, sebbene rapido, e specie se insensato, stanno tutte qui, impresse nella carne, giacché, per quanto ci riguarda, per quanto ci interessa, non vi è altro».

Così dicendo, quindi, si accostò al ripiano, ed apprestandosi ad incidere quel corpicino esanime, lo sguardo gli scivolò sul volto. Sembrava addormentato. E Don Gemiliano, esitando in quella sua azione meccanica, fu assalito dai soliti dubbi, che ormai lo torturavano. Perché pensò ai sogni di un bambino. Che fine fanno i sogni di chi non ha vissuto, di chi non ha avuto neanche il tempo di comprendere la vita che stava vivendo? Che fine fanno le corse non fatte, il cuore colmo dell'emozione di quando, di quando si scollina un crinale e si vede il mare, o in fondo alla valle il proprio villaggio, e il proprio padre che lavora nel campo, o di quando si levano in volo improvvise le pernici, in un solo tumulto di fronde, per distrarre le piccole mani rapaci dei predatori bambini, dai piccoli loro, tremanti nel nido appena abbandonato?

«Paolo è scappato...» sussurrò a Flora «Simplicio mi ha raccontato una scena orribile, che gli hanno riferito... E sai cosa mi ha detto? Mi ha detto di riflettere sulla ragione per cui l'ho perduto...! Proprio così, mi ha detto: che forse è colpa mia!»

Flora lo stringe, sente che sta singhiozzando. Sa cosa teme, sa che ripugna se stesso, per quel pensiero, che sembra anch'esso, più di altri, senza l'amore necessario: "Morirò senza un erede...?". Questo pensa Don Gemiliano, per questo piange: piange per aver perduto (mai avuto) l'amore del figlio maggiore e piange per il timore di perdere (di non averlo mai avuto) il figlio minore.

«Deve solo superare l'Inverno...» gli sussurra la moglie

«Pietro non è più un bambino, e con la Primavera sventerà il pericolo... Ormai è grande» gli ripete «e non c'è più troppo da temere...»

Non nomina neanche Paolo. Anzi, al contrario, cerca di distrarlo dal senso di colpa, che incombe, specie in quel padre che non può comprendere, e gli chiede: «E il tuo progetto...?».

Inizialmente il marito tace. Si rivolta nel letto. Sogna nuovamente Orfeo ed Euridice. "Terrò le punte delle mie dita contro la tua spalla virile / Oh tu amore della mia vita / Solo insieme tradiremo la morte / ma non ti voltare a guardarmi: abbi fiducia / Oh tu amore della mia vita, ti sento così vicina eppure / così lontana è l'uscita!"

«Come va il tuo progetto...?» gli ridomanda ancora, accarezzandogli la schiena.

E l'uomo piano piano sospira: «Tu credi che la mia vita abbia avuto senso...?».

Flora sorride nel buio: lui se ne accorge perché conosce bene quel viso, anche senza voltarsi, anche nel buio più profondo nel quale tutti sprofonderemo, lui ricostruisce i lineamenti di quel corpo, il profilo della bocca nell'ombra, e quello sguardo affettuoso. Che anch'io, madre, rammento.

Quell'anno la Primavera tardò ad arrivare. L'Inverno si protrasse per mesi e mesi, prima freddi e poi, dopo le secche, paurosamente piovosi. A tal punto che le scorte normali di legna, di cui Cagliari necessitava, cessarono prima del tempo, e vi furono decine di morti per il gelo e per l'umido, specie nei quartieri popolari, dove molti tuguri si sciolsero riducendosi a cumuli di fango. La Città si riforniva di legna dalle montagne di Capoterra e da quelle di Sinnai, ma entrambe le strade, quella litoranea che attraversava gli stagni di Santa Gilla e quella proveniente dai monti del Settentrione, dovevano attraversare lagune e zone paludose ed erano divenute col tempo, e soprattutto con le piogge torrenziali, quasi impraticabili, sicché, nei casi d'emergenza come fu quell'Inverno, l'approvvigionamento straordinario non riusciva a stare dietro all'urgenza. Così, Cagliari ed i cagliaritani, quell'anno, si serrarono nelle proprie case ed iniziarono a bruciare i mobili, poi gli steccati degli orti, quindi i pochi alberelli da frutto ch'erano riusciti a crescere, tutti striminziti, tra i muri diroccati. A ciò si aggiunse che anche le scorte di pane, consumato disperatamente, cessarono all'improvviso; il popolo accusò gli accaparratori e vi furono rivolte contro i padroni, che generarono agguati nei vicoli, regolamenti di conti e alcune manciate di morti. Il Consiglio municipale, a quel punto, chiese aiuto al Viceré, il Viceré chiese aiuto al Ministro delle Questioni Sarde, che non pensò certo di disturbare il Re, per simili bazzecole: armò le guardie di spade ed ordinò che fossero brandite sempre, dal giorno alla notte, ed inguainate solo nelle pance di chi avesse protestato, piene o vuote che fossero. Da allora, da quelle proteste per il freddo e per il pane, scaldate e sfamate col ferro e col sangue, il Bogino divenne il Diavolo proverbiale.

Contemporaneamente, però, il Ministro si chiedeva come risolvere le debolezze strutturali che rendevano così vulnerabile la Capitale; ed una delle scelte irrinviabili era quella di bonificare le paludi che circondavano la Città, ed i borghi e le campagne circostanti, che potessero in quel modo liberarsi della mal'aria e diventare fertili, orti e campi. Né le piogge potessero più avere quella forza dilagante che rendeva impraticabili le strade. Per tutto questo, il Bogino costrinse il Cavalier Deidda ad occuparsi finalmente della bonifica di Quarto.

Furono mesi disastrosi, perché tutti i tentativi di Don Gemiliano, di far scavare canali grandi o piccoli, dovevano scontrarsi con le piogge dirompenti, che facevano franare i fianchi ancora prima che divenissero argini. Sapeva, Don Gemiliano, che simili opere sarebbero dovute farsi in Estate, ma la fretta del Governo (la stessa Autorità che per troppi secoli aveva mancato) non riconosceva quella del Tempo.

Così, dopo mesi e mesi di lavori vani, con schiere di uomini sfiancati dalla fatica e dalle febbri, semisepolti nei fanghi che si tentava di drenare e nei canneti, feriti alle caviglie ed alle mani e sui volti vinti, le piogge cessarono, con la stessa violenza con cui erano apparse, scomparvero; e come spesso capita – dopo una breve illusione di dolcezza, nella quale i lavori poterono velocizzarsi ed i vomeri che sembravano scivolare agili, quasi senza peso, scioglievano le molli zolle e raggiungevano le vasche in pochi giorni – seguirono mesi e quindi mesi di siccità, come non s'era vista mai; senza che nessuno se ne accorgesse, ovviamente, se non troppo tardi.

Era Estate, Don Gemiliano osservava il consolidamento degli argini dei due grandi canali che, confluendo, portavano le acque stagnanti delle piane di Quarto, prima a lambire gli stagni di Molentargius, e quindi al mare del Poetto. Da settimane ascoltava le preoccupazioni dei contadini e i loro lamenti sullo sconvolgimento delle stagioni, e sospirava tra sé considerando come le falsate previsioni del popolo fossero cicliche quanto le apparenti contraddizioni del tempo.

Fu quell'Estate che, in una Cagliari ancora fremente per

le rivolte della legna e del pane, ancora memore delle piogge torrenziali che avevano invaso di fango le strade del Castello, e sfaldato interi costoni delle mura a tal punto che una parte del Convento delle suore era venuta giù, precipitandone dal bastione del fossario e seppellendone, scoppiò anche la sete.

Cagliari s'approvvigionava di acqua da cisterne private, sparse in varie zone della Città, ma soprattutto da un pozzo pubblico, unico pozzo pubblico, che stava da sempre alla sommità del Castello, sotto alla Torre di San Pancrazio. La mala distribuzione delle piogge di quell'anno avea riempito eccessivamente le cisterne, scolmandole, e l'acqua ch'era stata raccolta avea permesso alla popolazione di rifornirsi tutta la Primavera, senza però che, durante, se ne arricchisse con nuovi apporti. In questo modo, come spesso capita, la straordinaria abbondanza de' primi mesi illuse il popolo, ed il Consiglio stesso, che avvallò straordinari sprechi. Tali che, a metà dell'Estate, le scorte delle cisterne cessarono, e lo stesso pozzo di San Pancrazio s'abbassò a tal punto che si temette l'esaurimento.

Subito il Consiglio municipale, per scongiurare che all'accaparramento del pane potesse seguire anche quello dell'acqua, regolamentò l'estrazione dal pozzo; e le proteste che ne seguirono minacciarono così violentemente lo stesso Consiglio, e addirittura il Viceré, che si pensò di metter di guardia un soldato.

«Allora, quando la mattina presto è giunto il mulattiere, per attaccar la mola, non ha trovato la guardia...» raccontò Simplicio a Don Gemiliano «e cerca cerca, la guardia più non si trovava, e dove si sarà cacciata, ci si domandava, e si pensava la si sarebbe trovata in qualche angolo della rocca, quell'ubriacona, 'fogata nel vino, quando, sapete cos'era successo a quel soldato? Che l'hanno trovato affogato – sì – ma nell'acqua!». Qualcuno, nottetempo, aveva aggredito il soldato di guardia e l'aveva gettato nel pozzo, ormai praticamente secco.

La notizia, ovviamente, sparse subito per la Città e nel circondario, quindi nel Regno intero. Le mani degli assassini erano certamente di popolo, ma l'odio si stava concentrando su quelle potenti famiglie cagliaritane che in quella siccità, più ancora del solito, s'erano arricchite, grazie anche a coloro che gli avevano consentito di alzare a dismisura il prezzo di ogni secchio, e bicchiere, e sorso. La situazione era ormai talmente grave che il Ministro inviò un nuovo reggimento, di stanza in Castello. Ed il Consiglio municipale si riunì d'urgenza, per valutar che fare. Don Gemiliano capì subito ch'era giunto il suo momento.

«Abbiamo un progetto per risolvere definitivamente il problema dell'approvvigionamento idrico della Città!» affermò con una certa solennità, ma senza alcun preambolo, dinanzi al Consiglio. Quel Consiglio che, non fosse stato per la preoccupazione del momento, ma forse neanche per questo, non fosse stato per il fatto che sapeva chi proteggeva il Cavalier Deidda, probabilmente non l'avrebbe neanche ricevuto. V'erano, schierate in quell'udienza, tutte le massime autorità cittadine, anche di scienza, e quando Don Gemiliano parlò in quella maniera non persero l'occasione, tanto montata in quegli anni, di sbottar d'insofferenza.

Il Rettore, nel tentativo di sedare le tante proteste che si levavano contro il Professore, chiese parola e disse: «In sua difesa, dobbiamo osservare che il Cavalier Deidda ha ormai un'esperienza, specie d'incarichi di somma investitura, da conferirgli la necessaria autorevolezza. Lascino quindi Lorsignori che il Professore illustri il suo progetto, per valutarne poi la fondatezza...»

«Vi ringraziamo, Vossignoria...» lo interruppe Don Gemiliano «ma preferiremmo fare una scommessa!» Una simile provocazione non s'era mai sentita, e specie il sorriso sornione di Don Gemiliano lasciò attonita l'assemblea.

«Come, scommessa...?» si scosse il Secondo Consigliere, e Don Gemiliano spiegò che scommetteva di risolvere il problema dell'approvvigionamento idrico della Città, ma che, data l'incredibile delicatezza del suo progetto, e la difficoltà di quel momento, ogni intervento dell'ignoranza o dell'invidia, della stoltezza o della cupidigia, avrebbe potuto farlo fallire: perciò preferiva tutelarne la segretezza, il più a lungo possibile: fin quando non fosse stato nelle condizioni di raggiungere il suo scopo con certezza.

«Quanto tempo?» chiese sbrigativamente il Primo Consigliere.

«Neanche un anno!» rispose fieramente, e l'assemblea scoppiò in un boato di disapprovazione. Qualcuno iniziò a schernirlo, altri rise.

Anche il Primo Consigliere si guardò attorno con un sorriso feroce; poi, rivolto al Cavaliere con piglio canzonatorio: «E di quanti capitali necessiterebbe...?».

«Neanche di un soldo!» ribatté Deidda divertito. L'assemblea, ancora una volta, rumoreggiò. E chiunque avrebbe potuto avvertire, in que' sussurri che cominciarono a circondarlo, la parola «Pazzo!».

«Siamo pronti ad affrontare noi tutte le spese necessarie, senza pesare neanche un soldo sull'Erario!» spiegò Don Gemiliano; e il Primo Consigliere, dopo averlo fissato a lungo, severamente, concluse: «E sia, Cavalier Deidda: noi proponiamo che, se entro un anno voi scaverete un nuovo pozzo, che risolva definitivamente il problema dell'approvvigionamento idrico della Città, conferiremo un premio...»

«Perdonate!» lo interruppe Don Gemiliano ancora una volta. «Noi non abbiamo mai parlato di pozzi...»

«Volete forse far piovere dal cielo, costruendo magari un grande Caduceo che, anziché sgombrar le nubi, le aduni?» domandò il Secondo Consigliere, sarcastico, facendo ridere tutta l'assemblea, che dal momento prese ad irridere apertamente il Professore.

«No» rispose calmo, «ma se vinceremo la scommessa, a questo punto, pretenderemo di avere la concessione del suo sfruttamento!». Così disse; ma non riuscì ad ammutolir nessuno, 'ché anzi tutti si scatenarono in smorfie d'irritazione, d'indignazione, e insulti.

Il Primo Consigliere, allora, dopo essersi consultato sottovoce co' suoi colleghi, pretese che si tacesse e disse: «E sia, Cavalier Deidda: dinanzi a questo Consiglio avete la garanzia che, ove vinceste questa ben strana scommessa, avrete la concessione dello sfruttamento di questa vostra... fonte!» e qui tollerò bonariamente le risa dell'assemblea. «Ma a una condizione: cioè, che garantiate almeno la portata di questa vostra fonte, ossia, ch'essa risolva effettivamente tutta la sete di questa nostra Città...»

«Certamente» lo rassicurò Deidda, «Vi garantiamo che la fonte di cui parliamo potrà dissetare oltre centomila bocche!».

E a quelle parole parve che, dalle finestre aperte del Palazzo Civico, tutte le ventimila bocche della Città si spalancassero in un solo insulto! Alcuni, addirittura, lasciarono teatralmente la sala, scotendo il capo e voltandosi prima di uscire, per levare il braccio all'indirizzo di Don Deidda, in un ultimo gesto di scherno. Persino il Rettore borbottò tra sé. E il Primo Consigliere, che pure rideva convulso, riuscì a mettere insieme la cortesia necessaria per congedare il Professore.

«È un pazzo, indubbiamente!» «Indifendibile...» disse più tardi il Rettore. Fra loro: «Che lo abbia sconvolto la latitanza del primo figlio?» «O la malattia del secondo?» «Perché: ha un figlio latitante?» «Dicono sia ricercato per omicidio...» «Ma no: per semplice stupro» «Un pazzo, insomma...» «E forse anche bastardo...» «Ossia?» «Dicono sia nato prima del matrimonio tra Don Gemiliano e quella serva... Come si chiamava?» «Flora, bella figliola...» «Che pare fosse una poco di buono, o no?» «Così dicevano...» «E pare insomma che quel figlio, nato o comunque concepito prima del matrimonio, non fosse di Don Gemiliano, ma di un altro!» «La bella Flora!» «Uno dei tanti, insomma, uno di passaggio...!» «Neanche, dicono fosse addirittura un amico del Deidda...» «E lui, Don Gemiliano, non li ripudiò?!» «No...: né madre né figlio...» «Che uomo... Tutto il quartiere sapeva, e lui...» «Ma lui ci era abituato...» «In che senso?» «Beh, lo sapete: non è forse anch'egli figlio di nessuno?» «Figlio dei fraticelli che lo hanno cresciuto!» «Sempre in quel borgo dov'è nato, messo su famiglia e morirà di certo... Lo Stampacino» «Ma ditemi ancora: sposò la bella puttana, che già era pregna di un altro, e poi? Ci fece un altro figlio? Lui o chi per lui, s'intende...» «No, pare sia suo, almeno il secondo...» «Non a caso, malato, e da sempre...» Sì, da appena nato: pare che non si alzi neanche dal letto...» «E quanti anni ha?» «Una decina, credo, eppure non è ancora morto: se ne sta a letto, dicono, come un cadavere nel suo sudario, eppure vivo...» «Strana famiglia...» «Strano padre!» «E quella moglie, Flora, che fine ha fatto?» «Morì partorendo il secondo...» «Sì» confermò il Rettore «una decina d'anni fa»; poi, sottovoce, aggiunse insinuante: «Ma dicono che il Professore, spesso, si trovi a sussurrare tra sé e sé, come se si rivolgesse a lei, come se lei ci fosse ancora, al suo fianco, e lui le domandasse consiglio su come comportarsi, su cosa fare...!» «Vi rendete conto?!» «Un pazzo visionario, insomma!» «Un uomo pericoloso...» «Che s'impiccia di tutto, e con quell'arroganza!» «Crede di potersi permettere qualunque affronto, perché protetto!» «No, vi assicuro, quell'arroganza è nel suo carattere, nella sua natura, l'ha sempre avuta, anche quand'era nessuno, fin da bambino, dicono, la bevve col latte...» «Latte di frate / ore contate...» «E su ogni cattedra fa il saltimbanco!» «Medico, e matematico, ed archeologo...! E adesso cosa? Che cosa vuole? Cerca forse qualcosa? Denaro, fama, l'ammirazione? E di chi?» «Che c'entri il Demonio...? Sapete chi intendo...» «È questa scommessa che puzza di zolfo..: non so cos'abbia in mente ma sento che è pericoloso...» «Un folle volo, vi dico, non c'è affatto bisogno di temere un complotto: è una illusione, così tipica di quel pover'uomo...! Non meno che illudersi di aver ancora una moglie, o un figlio... È quel letto vuoto che gli riempie la testa di fumo!» «E se fosse invece un'idea praticabile? Vedete bene ciò che ha fatto a Quarto...» «Lì fu aiutato dalla borsa reale...» «E se ne avesse messo da parte?» «Come tutti, in fondo... O vuol farsi credere un Giovanni Battista che urla in mezzo al deserto?» «Non mi stupirei se profittasse di questo progetto per dare fondo a favori e, in un anno...» «Un anno può essere molto lungo o molto corto...» «Dipende da noi...» «Molte cose possono accadere...» «Specie quando il popolo non beve» «Lungo è il tempo del costruire, quello del cedere breve».

La capoccia dell'Avvocato Pittaluga, tonda come una vecchia mela ed altrettanto glabra e grinzosa, dondolava tra quattro immense pile di carte. Quattro colonne ingiallite e sfatte che incombevano su quella caotica scrivania e sembravano sul punto di sfaldarsi rovinosamente ad ogni fremito di brezza proveniente dalla finestra. L'aria soffocante nella quale lievitava la polvere dello studio si frammistava dunque col puzzo del porto e del mercato che trasaliva dabbasso, e infin del mattatoio.

«Vossignoria non sa quanto mi faccia onore la vostra visita...» ripeté, e Don Gemiliano ne aveva già abbastanza, non foss'altro che l'Avvocato avea ripetuto almeno tre volte quella stessa frase, con crescente petulanza. «Ricordo...» riprese allegramente «di aver parlato di voi proprio ier l'altro, ecco sì, forse ier l'altro ancora, o ancora ancora, ma non ricordo con chi... o forse con il Dottore... Sapete il farmacista? Quello che ha il negozio qui all'angolo...? Non so se l'avete presente... Ma sì! Avrete certo notato che sotto Sa Costa, qui, vedete...» e si alzò, trotterellando verso la finestra, come per indicare, «proprio qua sotto!» esclamò con un orgoglio assolutamente ingiustificato, «proprio qua sotto è sorta una serie di botteghe che vi dirò, piuttosto piene di buone cose... Certo non so, ecco sì, per noi continentali, e mi ci metto io, e mi ci metto voi, ovviamente, che certo vi sentite continentale, ormai, sebbene certo l'orgoglio nazionale... L'orgoglio non è un difetto, sempre lo ammetto, ma forse una virtù, voi non pensate? Ebbene...»

«Ebbene, Avvocato» lo interruppe Don Gemiliano, «parlavamo di questi terreni...»

«Ecco sì, dei terreni di Tuvumannu... Interessanti resti romani, indubbiamente...»

«Quelli sono a Tuvixeddu...»

«Ecco sì, quelli punici.»

«Ma prima fenici.»

«Mi sono confuso.»

«No, non vi siete confuso: sono la stessa cosa...»

«I due colli?»

«Anche, ma ci riferivamo...»

«A cosa?»

«Ai resti cartaginesi...»

«Non ne avevo idea...»

«Ma se lo avete detto voi!» si spazientì; e l'Avvocato Pittaluga fece spallucce, come a dire: "E questo vorrebbe dar del matto a me!". «Vorrei sapere se vi è spazio per una trattativa...» riprese Don Gemiliano, tentando d'essere più paziente; e l'Avvocato dondolò per la camera, andando a risedersi sulla sua poltrona, malandata malamente, che nei braccioli consunti denunciava la postura di chi è avvezzo alle chiacchere, non certo le braccia avante e il capo chino su le sudate carte...

«Spiegavo a Vossignoria» spiegò con certa cortesia «che

la famiglia Tessa, dico i Signori proprietari, non sembrano interessati alla vendita...»

«Non sembrano o non sono?»

«Ovverosia?»

«Intendo dire: ne siete sicuro?»

«Di cosa?»

«Dell'intenzione loro...!»

«Ecco sì: di non vendere.»

«Ne siete certo?»

«Se ve lo dico!»

«Ma voi, stimato Avvocato, gli avete chiesto espressamente se erano interessati a trattare con me, non dico con altri, la vendita di quei terreni, non dico altri...?»

«Esattamente...» sospirò l'Avvocato, che si domandava tra sé: "Costui è venuto per farmi perdere tempo?".

Don Gemiliano ci ragionò un istante; quindi, tentando di ricucire quella discussione che, per quanto lui aveva tessuto, l'altro disfava sempre con le sue assurde divagazioni, spiegò: «Quello che mi stupisce è che quei terreni non sono di alcun valore, e quindi mi viene il dubbio che i Signori Tessa, probabilmente, non abbiano capito a cosa mi riferivo...».

«Ma Vossignoria mi sorprende!» protestò l'Avvocato. «Vi pare che potrei sbagliare su una questione così delicata, e così importante, qual è la vendita di un brullo costone di roccia?»

«Mi parlavate di una lettera...» sospirò Don Gemiliano.

«Appunto, quella.»

«E la potrei vedere?»

«La lettera, dite, beh, certo che sì... La dovrei avere, ecco, proprio qui...» e dicendo questo iniziò a trafficare, raspando con le sue zampette tra le mille carte accumulate, da una parte e dall'altra della scrivania, evidenziando il fatto che non ricordasse nemmeno il versante in cui cercare. Nel mentre, ovviamente, non cessava di parlottare: «Proprio ier l'altro parlavo di voi con il Dottore, quello che chiamano con quel soprannome, e dicevamo del tempo e delle nuove scienze, e delle filosofie francesi, anche, ecco sì, enciplochediche... E chi saltò fuori nella discussione? Voi mi direte... Questo non è...» come fra sé, facendo volare fogli tutto d'intorno «proprio voi, certamente! Perché il Dottore vi ha definito enciplochedico, esattamente, ed io ho risposto... Non mi ricordo cos'ho risposto – potrebbe essere qui... – ma sinteticamente ho detto che sì, ecco sì, lo siete davvero, se è vero com'è vero che il nostro Ministro, non è vero che vi ha tanto in considerazione?» e in questo rialzò lo sguardo su Don Gemiliano, cessando di cercare. «Sì, Avvocato, ne sono onorato...», e quello si ridistese così tanto che riprese a cercare con rinnovato piacere: «Eh sì, eh sì... Il nostro Ministro, che ci ha tanto a cuore... E la pace, e il pane...: tutte cose buone. E che dobbiamo a lui! E poi il progresso, certamente, anche il progresso è cosa positiva, indubbiamente... Perché c'è tanta ignoranza, in questa terra! Voi lo sapete, voi la curate, e dunque... Ma lo sapete che, dico, lo sapete, che l'altra sera, che poi era mattina, si parlava amabilmente, ecco sì, di mattina certamente, in una pausa dalle udienze, su in Corte d'Appello... (Nemmeno questo, no, nemmeno quello...) E due signori, vi assicuro, assai stimati, che non vi dico il loro nome per discrezione ma che potreste ben capire di chi mi riferisco, discutevano se il Morocco fosse o meno confinante con una o più delle numerose Americhe!» e rise complicemente.

«Mentre invece lo è solo con...?» lo stuzzicò Don Gemiliano.

«Solo con una, ovviamente...» rispose l'altro incerto, e poi lesto riprese: «Eh, il progresso! È buona cosa davvero! Buona cosa per i giovani, che ne traggono giovamento, e buona cosa per le finanze, che ne traggono parimenti giovamento: un giovamento diverso da quello suddetto, ma parimenti giova...» così disse «non è neanche questo... E so di interpretare il vostro stesso pensiero, se è vero com'è vero che siete professore, o mi sbaglio? Professore dell'Università, e cosa insegnate di bello che l'ho dimenticato?»

«Chirurgia...» rispose esausto, fissando quelle zampette che ancora annaspavano inutilmente; e l'Avvocato, dopo un attimo di esitazione, riprese a scartabellare, bofonchiando qualcosa tra sé che suonava più o meno come "Che diavolo di materia sarebbe! Fare a pezzi la povera gente!".

Ma «Eccola!» esclamò improvvisamente, e Don Gemiliano s'accorse che, nello sfilarla da sotto la pila, buona parte si era sfaldata e sepolta insieme a tutto il resto della colonna, sparsa senza che l'Avvocato se ne preoccupasse: «Stimato Avvocato!» enunciò quello levandosi in piedi ed iniziando a percorrere lo studio a grandi passi solenni, leggendo a voce alta: «Noi famiglia Tessa, omissis, e più precisamente omissis, intendiamo con questa nostra, omissis, ecco, intendiamo omissis rappresentarvi la volontà nostra in merito ad omissis ed alle vostre domande in merito ad omissis, nonché relativamente, in ispecie, a quei terreni suddetti del colle...».

«Quale?» lo interruppe Don Gemiliano, ansioso.

«Lo chiarisce seguentemente...» lo rassicurò l'Avvocato, che riprese: «Quei terreni, dicevo, omissis omissis, del colle che digrada, omissis, vigne vecchie e nuove, omissis, che chiamano Mirrioni, omissis, che non si capisce come. Omissis» e qui si fermò, e rivoltò il foglio, per vedere se proseguisse sul retro, e stupendosi molto che così non fosse.

«Forse è quel foglio laggiù...» gli suggerì Don Gemiliano; e l'Avvocato, dopo averlo raccolto, molto faticosamente, ed anche piuttosto scettico, lo lesse in lungo e in largo e poi ammise: «Curioso...: è proprio questo... Ad ogni modo: Stimato Avvocato!» riprese, poggiandosi al ripiano della scrivania e grattandosi un polpaccio con la punta dell'altro piede «In merito all'intenzione di vendere codesti terreni, omissis, dobbiamo fare i conti col fatto che, omissis, e liti interne, omissis, specie i cugini, omissis omissis omissis, per non dire omissis, che quindi lei capisce la nostra posizione, né omissis né altri, omissis, di cui dunque potremmo decidere se non altrimenti certamente no.»

Così interruppe la lettura, e fissò Don Deidda come a chiedere: "Ora finalmente avrete capito?".

Ma Don Gemiliano, stizzito, domandò: «E il colle?»

«Ah...» ammise l'Avvocato, consultandone il fondo «Tuvumannu!»

«Ma Avvocato!» protestò. «Io non capisco!»

«Vossignoria non è paziente...» dichiarò allora con un certo sussiego «i Signori Tessa, mi sembra chiaro, non possono, dico non possono, e se anche potessero non vorrebbero, e se anche volessero non dovrebbero, ma se anche dovrebbero non potrebbero, dico potrebbero, vendere. Né questo terreno, di Tuvumannu, né qualche altro, di Tuvisceddu magari, o come lo chiamate voi di Castello» e si schiarì la voce, dandosi un certo contegno «Perché, come è evidente, finché non sistemeranno le loro beghe interne (omissis) o liti che dir si voglia, o controversie insomma, ecco: costoro non sapranno neanche chi ne sarà l'erede, e quando e se...!»

«Alla buon'ora!» esclamò Don Gemiliano, alzandosi esasperato. «Avreste potuto dirmelo prima in questo stesso modo!».

E l'Avvocato Pittaluga, risedendosi solennemente sul suo consunto scranno: «Non c'è peggior sordo...» sospirò piccato.

Flora lo attendeva nel letto, tutte le notti.

Da che l'aveva conosciuta, giovinetta, quella giornata di sole, ricordi, che tu tornavi dai campi, coi piedi scalzi, e c'incrociammo noi, ricordi, e lei sorrise a lui, e lui a lei. Da allora, tutte le notti della sua vita, Flora lo avrebbe atteso e accolto. Appena entrava il marito, tra le lenzuola, subito infilava i suoi piedini gelidi tra i polpacci pelosi di lui, e lui subito li serrava. «Tu sei la moglie...» le sussurrava stringendola, e lei ne rideva, per la difficoltà d'abbracciarla.

Di notte, si scambiavano le confidenze come due collegiali, di nascosto alla ronda nelle camerate, o d'Estate, nelle troppo brevi vacanze della giovinezza, quando il sole s'intrufola tra le fronde stordite e coglie gli ultimi sospiri delle innamorate.

«Mi hanno offerto di occuparmi di un'altra bonifica» sospirò quella notte. «Della piana di Pula, stavolta, sempre più lontano... È chiaro: vogliono allontanarmi dalla Città. Vogliono liberarsi di me. Ed io ho pensato: alla malora! Volete che me ne vada? E allora me ne andrò davvero!»

«E Pietro?» domandò Flora. «E il tuo progetto?»

«Pietro lo porterò con me, è così, lo porterò con me! Non voglio lasciarlo qui a morire, in quel lettino da bambino, e impedirgli di vivere la prossima Estate. Ho risposto di malomodo ai medici e a tutti coloro che mi hanno detto che rischia una ricaduta ancora peggiore di tutte le altre. Ma cosa c'è di peggio? Basta. Non voglio più che il mio unico figlio continui a conoscere il sole, e il mare, dai riflessi di quella finestra, o sentirli narrare solo nelle fantasie della domestica!»

Poi, più tardi, dormiva, e le ha sussurrato: «Sempre più spesso penso che non abbia senso...».

«Cosa...?»

«La vita, ovviamente... Se mi morisse Pietro, a questo punto, a cosa sarebbe servita? Sarei come quell'albero che dici sempre tu, che non fruttifica... E i miei progetti? Solchi nella terra, che prima o poi saranno riseppelliti. È così. So che le bonifiche, almeno quelle, hanno un'utilità reale, che riconosco, che tutti riconoscono come tale... Eppure, questa scommessa, questa sfida tra me e la mia Città, mi tormenta; perché so che è il mio progetto più grande, e tutto il tempo speso nelle altre opere mi sembra tempo perso, e temo che se rimanesse solo un'illusione, rivelerebbe al mondo, ed alla Storia, ecco, tutto il mio fallimento...»

Nei mesi successivi Don Gemiliano scrisse più volte alla famiglia Tessa. Era diventata, per lui, una vera ossessione, e spesso si recava alle pendici di Tuvumannu, nei terreni di que' continentali, e li insultava a squarciagola, in contumacia, come se davvero avesse voluto farsi sentire fino a Genova! «Che ve ne fate?!» gridava al vento. «Che ve ne fate di questa inutile roccia?!». E un turbine di polvere bianca lo avvolgeva, come un pazzo o un profeta.

Finché una mattina si recò alla Posta, la Posta appena inaugurata, perché quella mattina c'erano due lettere per lui.

La prima era della famiglia Tessa: spiegavano che, in seguito alla lite tra i diversi rami, tutti i terreni di Sardegna sarebbero andati ad un'unica erede, la piccola Caterina, ancora troppo giovane, ma che, una volta uscita dal collegio, l'avrebbe ricevuti in dote, ed avrebbe deciso lei, e solo lei, che farne.

La seconda lettera, invece, era di Paolo. Molto semplicemente, chiedeva perdono al padre. E chiedeva di tornare a casa.

"L'uccello ferito torna sempre in gabbia" pensa Giustina, mentre veglia Pietro, che non si capisce se è sveglio e suda, o se delira, perché sembra fissare il soffitto, ma a volte trasfigura. «Della civetta non aver paura...» sussurra «della civetta non aver paura, che il còloro dalla pelle nera, acciambellato sotto il tuo letto, la tiene lontana...». Poi il viso di Pietro s'illumina, un ampio sorriso lo fa tornare quand'era un pupo, che adesso è troppo cresciuto per quella gioia, di vedere suo padre, sulla soglia.

Don Gemiliano entra nella camera e posa la sua mano sulla spalla tonda di Giustina, ch'è segno di lasciarli soli. Pietro non ha più occhi che per il padre, quegli occhi neri enormi ch'erano di sua madre, e lui così li guarda: rivede lei e pensa che la Morte, quella strega nera in fondo al pozzo, che è sorda e chiama, ha già preso lei, e getta le sue grinfie ancora, per avere lui.

«Ti piacerebbe se ci trasferissimo in campagna...?» gli chiede il padre.

«Noi due» gli risponde il piccolo, che quasi non ci crede.

«Tutti noi» gli spiega il padre, ed è sul punto di piangere, ma non sa perché, se di dolore o di gioia, lui non lo sa. «Tutta la nostra famiglia...» dice, e quella parola, all'improvviso, gli si strozza in gola, ma poi esce ampia e si stende e lui la ammira come per la prima volta. «Tutta la nostra famiglia...» ripete incredulo, perché ancora lo sorprende, e gli sembra una cosa assurda, non averla mai capita, non averla mai avuta, una famiglia, tutta in quella parola, e poi gli viene da piangere, ed è dolore e gioia insieme, e quando il figlio gli bacia la mano lui allora s'arrende, per la prima volta nella sua vita, accetta il fatto che il dolore e la gioia siano la stessa cosa.

Saltella il calesse allegramente, sul selciato della stradicciola tutta di luce che si snoda sul ciglio della costa, a strapiombo sul golfo ligure, con le sue calette rocciose e le scogliere schiumose. Caterina guarda il mare e pensa. Pensa a quanto le pesa quella divisa da collegiale, che sembra ancora più fastidiosa, e inutile, e assurda, ora ch'è fuori, ora ch'è vacanza. Che poi vacanza vuol dire non esserci, essere altrove, o un'altra. Poi pensa ancora una volta a come sarebbe bello partire, e si volta dagli zii e senza attendere chiede di quei terreni, quelle terre di Sardegna che sembrano così lontane. Che sono così vicine.

«Sono belle...?» domanda curiosa, ma poi si fa cauta, e tace, gli zii parlano fra loro di cose adulte, figurarsi, e quasi non le rispondono. Quando sarà proprietaria... Pensa, ed un gruppo di gabbiani, dabbasso, hanno trovato qualcosa. Quando sarò proprietaria, si ripete. La questione le sembra poco più di un gioco di parole, perché lei non sa neanche dove sta, questa Sardegna, e tantomeno riesce ad immaginare che aspetto ha, che aspetto hanno quelle sue terre... La piccola Caterina sa che la Sardegna è un'isola, e ch'è al di là del mare, e se la figura come la sua Liguria: ripida e solare. Poi una volta ha sentito scherzare a proposito dei sardignoli, che pare abitino ancora nelle caverne, e allora ha temuto di ereditare una specie di monte nero pieno di grotte! Quale sarebbe l'utilità di ereditarle? Per la piccola Caterina quelle terre straniere sono poco più di alibi, per poter immaginare. Se stessa, ovviamente, se stessa con una vita propria. Se stessa altrove. Quella mattina i suoi zii la stanno portando in villeggiatura e lei assapora quelle due settimane e soprattutto il profumo del pitosforo e l'odore del mare. La giovinezza, per lei, la vita intera, si riducono a questo: a quando l'asma si dissolve e con il naso e con la bocca entra in un mondo nuovo. Che sa che c'è, durante la brutta stagione, sa ch'è portata di mano, eppure si sposta sempre di un poco, si allontana impercettibilmente, come per non farsi prendere, si fa solo sfiorare. Come l'età adulta, dopotutto, come diventare grande.

«E cosa producono?» domanda all'improvviso agli zii, che ora si voltano verso la nipote, stupefatti, quindi scoppiano a ridere, e divertiti rispondono: «Polvere!». Caterina Tessa, a questo punto, si sente offesa nella sua qualità di erede, sente insultate le sue proprietà e le sue prerogative. "Vi farò vedere..." pensa fra sé; e già s'immagina proprietaria terriera, che fa piantare vigne, su quel colle pieno di spelonche, lunghi filari ben ordinati che saranno l'invidia della gente, lo stupore dei Sardi, il riscatto da quegli zii che – diciamoci la verità – non capiscono niente.

«Vecchia credulona!» le grida Simplicio.

«E tu vecchio cocciuto!» gli gracchia Giustina. «Possibile che t'inventi le cose e poi te ne convinci da sola?»

«E possibile che tu conosci solo quello che hai sotto al berretto?»

«Mi basta, evidentemente!»

«Come all'asino la sua mola!»

«E disgraziato chi ha moglie che lo consola!» le urla lui, guadagnando il cortile.

Quella mattina fervevano i preparativi per la partenza. L'intera famiglia si sarebbe trasferita a Pula. E tra Simplicio e Giustina era la solita discussione. Stavolta, il pretesto era la demografia. «Quattro milioni di persone!» protestava Simplicio, caricando il carro, ed ogni carico sembrava accrescesse la sua irritazione, «ma lo sa questa vecchia barberina cosa sono quattro milioni? Neanche le sciocchezze che ha detto in tutta la vita sua, ammontano a tanto, e neanche se ci aggiunge quelle che disse la mamma sua, miscredente com'era! Quattro milioni di legnate, le ci vorrebbero! Così la smetterebbe di andare a ripetere queste sciocchezze per tutta Stampace, che la chiamano la Scema del Quartiere, alle sue spalle!». Dalla cucina s'udiva Giustina friggere come un fritto di mare: «Non me la sono pensata io: me l'ha detta Don Gemiliano!» strillò facendo capolino dalla finestrella. «Perciò, se mi credi il vomere che va appresso al bue, vai a dirglielo tu, al tuo padrone, che questa sciocca barberina ripete le sciocchezze sue!»

«Il padrone non ha detto quattro milioni...» li interruppe Don Gemiliano, entrando in cortile. I due poveretti se ne mortificarono contemporaneamente; e lui sorrise, spiegando: «Certo ai tempi dei Romani eravamo molti più che adesso: io penso che fossimo almeno due milioni, perché c'erano molti campi, l'intero Campidano era coltivato, e la Sardegna era chiamata il Granaio dell'Impero! Perciò, io penso che per lavorare tutti quei campi, e con quella abbondanza, non vi potessero essere meno di due milioni di abitanti»

«Ma lei non dice solo questo...» tentò di giustificarsi Simplicio «lei dice che di certo torneremo ad essere tanti...»

«E perché no?» rise Don Gemiliano. Giustina fece una smorfia di soddisfazione, e le bastò per decidere di ritirarsi, a terminare i bagagli. Simplicio invece stava immobile e nella sua mente si ripeteva "Perché no...", e siccome Don Gemiliano sembrava attendere una risposta, rispose: «Perché alla nostra epoca non c'è più tutta quella abbondanza...».

«Si può generarla!»

«E come?»

Don Gemiliano rise: «Si chiama progresso, Simplicio: macchine, tecniche, volontà nuove...».

«Sì, certo: in Pedemonte, in Francia, ma qui...»

«E perché no?» insisté ancora il padrone. Quella domanda iniziava ad irritarlo: «Perché no?» gli ripeteva «Perché no?».

«Ma voi, Don Gemiliano, pensate davvero che, se anche siamo stati milioni, ai tempi dei Romani, potremo tornare ad essere tanti...?» disse umile. «E dove li metteremo?».

Don Gemiliano rise ancora, di cuore: «Credi che non ci sia lo spazio?».

E Simplicio si guardò attorno, come se tutte quelle nuove genti avrebbe dovuto accoglierle in quel cortile, e quelle scorte caricate sul carro non sarebbero mai state sufficienti.

Fu in quel momento che Paolo uscì dalla sua stanza. Era vestito per la caccia, e il padre se ne sorprese: «Dove vai?» gli chiese.

Inizialmente, il giovane non rispose: si allacciava gli stivali e forse ragionava tra sé. Il padre gli si accostò, ripetendogli: «Non vuoi venire con noi... Forse vuoi raggiungerci i prossimi giorni...?».

«Ecco, sì, padre... Preferisco raggiungervi i prossimi giorni...».

Simplicio riprese a caricare i bagagli, il più piano possibile, e non perché tentasse di ascoltare quella discussione, che anzi lo imbarazzava. Al contrario, per non violarla. Giustina, in cucina, mettendo insieme tutte le provviste, con quella cura e quella lestezza ch'è solo delle donne, ripeteva fra sé filastrocche, per non udire anch'essa le parole, quelle parole, perché era troppo il pudore. E la paura. Come quando hai avuto paura di un'ombra, da bambino, che ti è parso d'intravedere in un angolo della tua casa, e da allora, riavvicinandoti a quello stesso angolo, ne hai timore: non più dell'ombra, certo, che sai non esistere, non esser mai esistita: ma di provare quella stessa paura ancora, irragionevole ed essa stessa oscura.

Ricordo il giorno di quella partenza. Ricordo Babbo che abbraccia Paolo, il Paolo d'allora, che se ne sta ritto come una canna di fucile, imbarazzato per quel gesto che sente così innaturale. Ricordo Babbo che risale a cavallo e il carro che parte. Ricordo Paolo stare fermo ad aspettare, come se fosse suo dovere attendere, veder scomparire oltre l'angolo quella ch'è la sua famiglia, così si dice, così dicono; ma non guarda verso il carro che scompare: guarda il terreno e sembra che pensi: rivedrò mai mio fratello? Ho mai provato affetto?

PARTE TERZA

Il sole era già alto, quando il loro carro attraversò la Scaffa, e da quel momento in poi, dondolando su quello stretto pontile di legno che si teneva in equilibrio come un funambolo sull'estuario della laguna di Santa Gilla, il piccolo Pietro si sentì un altro, come un acrobata tra due mondi azzurri d'acqua e di cielo. Il padre, a cavallo innanzi al carro, si voltava continuamente a rimirarlo, e rideva felice, per quell'espressione estasiata: «Non avevo mai visto una luce così!» esclamava Pietro, e Giustina stentava a tenerlo stretto. «Ti abbaglia, sì?» domandava il padre. Perch'era come se stessero camminando, piccoli piccoli, sulla superficie leggermente curva di un immenso specchio, che quella luce rifletteva, e loro una minuscola carovana accecata, che procedeva a capo chino, fiduciosa e lenta. La strada litoranea, che correva verso Meridione, lungo il profilo occidentale del Golfo degli Angeli, si stendeva su una sottile lingua di sabbia: da una parte la sconfinata volta marina, disseminata di crepitanti scintille d'oro, e dall'altra una sterminata distesa di stagni, cinta dai monti cupi e lontani, a guardia dell'orizzonte, come se il cielo si fosse frantumato in milioni di frammenti celesti, precipitati su quell'immenso panno di velluto ch'erano isole di cisto marrone, e capannelli di canneti biondi, coronati di giunco. A volte la strada si faceva così sottile, e così sepolta dalla sabbia d'avorio, che più non si poteva dire strada, ma spiaggia, e molto spesso invasa dall'acqua, che zoccoli di cavallo e ruote di carro vi affondavano, bagnandosi: ecco, in que' punti mare e laguna si toccavano, come giganti innamorati, pensò Pietro, si baciavano colmi di pudore, scambiandosi.

«Le ultime piene, della Primavera scorsa, hanno distrutta definitivamente la strada...» spiegava Don Gemiliano. «E questo è stato un problema, per gli approvvigionamenti di legna da Capoterra e per tutti i contadini della piana di Pula, che vivono dei mercati della Città...»: così si dilungava Don Gemiliano, sull'uso e sull'utilità di strade e ponti, di poste e porti, per il commercio e più in generale per il progresso, delle genti e delle nazioni: uno dei suoi discorsi preferiti, oltre ovviamente al tempo atmosferico, al moto delle stelle, ai resti romani e ai flussi fluviali, non meno interessanti e misteriosi, a suo dire, di quelli degli umori umani.

In tutto questo, il piccolo Pietro lo ascoltava avidamente, assetato di quelle spiegazioni come se non le avesse udite mai: come se ascoltarne l'eco, come aveva sempre fatto, da quel suo letto di paglia di Stampace, da quel suo collegio di Torino, tetro come un confessionale, freddo come una sacrestia, non avesse avuto lo stesso fascino e la stessa efficacia che ascoltarle in quel luogo, in quel momento. Tutto gli appariva, in una parola, aperto. Al loro passaggio gli uccelli acquatici più vicini compivano un breve volo, per ritornare a posarsi poco lontano e riprendere indisturbati la loro strana caccia al tesoro. Spesso Pietro si voltava allegramente, per spiare Simplicio, il quale, in groppa al suo asino, credendo di non esser visto da nessuno, fingeva d'imbracciare un fucile e sussurrando fra sé – Pum! – tutti li colpiva al volo!

Un'ora dopo iniziarono a lambire quelle vasche nelle quali lavoravano, curvi ed esausti, i pescatori: e Pietro non faceva altro che domandare spiegazioni, come un bambino di cinque anni, cosa facessero e perché e come, con una fretta ed una puntigliosità che le risposte del padre non riuscivano a star dietro alle domande, a tutte quelle curiosità, a tutte quelle necessità, di nozioni arretrate, di gite e viaggi e vite mancate. Perciò il padre non ne era infastidito, ed anzi, si sentiva quasi inadeguato a fronteggiare quell'entusiasmo e quella voracia cui non era abituato: e quanto rideva Simplicio, alle spalle di tutti, per quella nemesi che dovea affrontare il Professore, e quanto si sentiva orgogliosa di quel piccolo petulante allievo, Giustina, che quasi se ne sentiva tutrice! Di più: madre.

Volle anche fermarsi, Pietro, per vedere da vicino come i pescatori fissavano le nasse, e il padre gli spiegò come venivano poste quelle trappole, rispetto alla corrente, e gli stessi pescatori lo ascoltarono ammirati, specie di se stessi, per il fatto che scoprirono d'essere stati, da sempre, tanto inconsapevolmente astuti!

Poco distante, nel folto dei canneti, in un fremore stordito e primordiale, vi erano donne che strappavano giunchi: «Per intrecciare i cesti...» spiegò Don Gemiliano, mentre aiutava Pietro a risalir sul carro: ma il piccolo teneva la testa voltata, in quella direzione, e il padre protestò, senza capire; quindi, voltatosi anch'egli, si accorse che il figlio stava fissando quelle braccia di femmine: sanguinanti.

Da quel momento, quando il sole iniziò la sua discesa, il

figlio si fece più silenzioso, ed era il padre a parlar più fitto, come a volerlo distrarre. Sulla linea dell'orizzonte s'intravedevano livide imbarcazioni, lente nelle acque basse, stagnanti in schiume dorate.

«Sapete che fanno?» domandò Don Gemiliano e, senza attendere risposte, spiegò: «Avvelenano i pesci, con estratto d'euforbia...»

«È velenosa, Babbo?»

«Sì, Pietro, è velenosa: uccide i pesci rapidamente, ma uccide anche lo stagno. Per questo è pratica proibita, fin dagli Antichi, perché, per avere di che mangiare il padre, toglie di che mangiare al figlio.»

Pietro vi pensò un attimo, quindi, con un vago sdegno, domandò: «E perché se è proibito lo fanno?».

Don Gemiliano si voltò stupito verso di lui, e tutti risero, eccetto Pietro, ovviamente, che anzi pensò lo canzonassero, in quella sua disarmante e disarmata intransigenza di bambino. Quando si esplora un mondo, se ne scopre sempre un altro. È il destino dell'uomo.

E quando gli acquitrini più estremi della laguna s'infossarono nelle acque paludose del territorio di Capoterra, era già sera. Tra gli alberi torti, Pietro vide delle vecchie donne che, col cappuccio nero e le gonne rialzate, camminavano lente nell'acqua, in un branco silente e rado: «Che fanno...?» chiese al padre, spaventato, perché sembravano in tutto e per tutto delle streghe, e chissà poi che non lo fossero davvero.

«Si fanno attaccare dalle sanguisughe...» spiegò Don Gemiliano «al termine della sera, quando riemergono, hanno le gambe ricoperte di decine di sanguisughe nere: le staccano ad una ad una col sale e le conservano...»

«Per farne cosa?» domandò stupefatto, ma senza quel disgusto che avrebbe avuto un adulto.

«Le vendono alle farmacie» sorrise Don Gemiliano «in Città...» e Giustina sentenziò: «A questo porta la povertà!».

Lontano, oltre le paludi vischiose, allagate dalla luce del tramonto, stavano le casupole arancioni di Capoterra. Così, Don Gemiliano ne approfittò per raccontare la storia di quel borgo di fango: l'antico avamposto romano, la chiesa medievale della Maddalena, di cui avevano appena intravista la base dei resti ciclopici, seppelliti dai rovi, quindi lo spopolamento del territorio a causa delle razzie dei pirati, e poi delle pesti; raccontò dell'arrivo di Girolamo Torrellas, dell'editto di cento anni prima, col quale il nobiluomo avea promesso aiuti economici, una casa e un lavoro, alle famiglie che avessero deciso di trasferirsi nuovamente laggiù, per rifondar quei luoghi; e raccontò dell'arrivo di decine di famiglie disperate, da tutta l'Isola, in fuga dalla fame e dalle malattie, dalla morte e dalle altre condanne. E stava per raccontare anche di Villa d'Orri, e svelare finalmente alla famiglia di chi sarebbero stati ospiti, quella notte, quando s'imbatterono in una squadra di operai che si apprestavano a lasciare – per quel giorno – i loro lavori: stavano infatti sistemando la strada, che da quel punto in poi era ampia, piatta e lastricata: «Per chi state compiendo quest'opera meritoria?» chiese enfaticamente Don Gemiliano, che forse certo sapeva la risposta: «Per Don Stefano Manca» risposero quelli, «Marchese di Villahermosa».

Dinanzi a loro si stagliava il profilo scosceso dei monti alti del Sulcis: dietro le cime rocciose scompariva definitivamente il sole, in un ultimo abbaglio arancione, mentre ombre sempre più lunghe si stendevano lungo l'altro versante: rendendo ancora più cupe le selve più alte, rifugio di fiere ritrose, quindi i poggi dabbasso, i pascoli dai quali si ritiravano i greggi ed i campi dai quali si ritiravano gli uomini, e gli uliveti e i frutteti, infino il mare. Dinanzi a loro, a perdita d'occhio, per centinaia di miglia quadrate, stava la proprietà dei Marchesi di Villahermosa, che avevano preso quel pezzo di Isola identico a tutti gli altri, con le stesse foreste impenetrabili, con gli stessi altopiani desertici, e le colline dilavate e le coste avare, e ne avevano fatto una riserva di caccia, un'azienda agricola, un giardino e una casa mirabile. Un mondo perfetto, insomma. Un mondo a parte. Che per Don Gemiliano, ovviamente, aveva sempre rappresentato più che un modello: un ideale. Il mito di un'oasi di perfezione che si può vivere; di più: che si può creare! Ma che, proprio per questo, rimane sempre sullo sfondo della vita reale, il riflesso del sogno di cui abbiamo bisogno, perché resti tale.

Sui profili dei rilievi rocciosi, che piagavano le falde dei monti, i Marchesi avevano piantato più di trentamila mandorli, che durante le secche d'Inverno, visti da Cagliari, sembravano cumuli di neve scesi a valle. Sulle distese di pascoli verdi, anni di spietramenti e arature, pasturavano capre e pecore e vacche; steccati perfetti contenevano a stento le pulsioni dei becchi e dei montoni, ed alte staccionate consentivano le corse nervose di decine di cavalli, da lavoro, da cocchio e da corsa: i Marchesi acquistavano infatti stalloni dalla Spagna e dalla Turchia, dall'Arabia e dalla Normandia, e avevano negli anni selezionato una razza esemplare.

Più in là, dove c'erano state, fino a pochi anni prima, distese di ginestre, di pruni e di stoppie, ora v'erano campi di grano, di avena e d'orzo; e distanti di poco si potevano vedere i caseggiati delle stalle e dei porcilai, i depositi dei foraggi e i granai.

Ancora più a valle, poi, si estendevano sterminati oliveti, e frutteti, fino al mare. Infiniti filari di olivi, meli, peri, albicocchi, susini, peschi, ciliegi, e fichi, di tutte le varietà immaginabili, erano perfettamente allineati, e spostandosi anche solo d'un passo ogni loro prospettiva cambiava, permettendo di aprire nuovi scorci degli stessi paesaggi, sempre un poco simili, sempre un poco diversi: dalle montagne ai colli ai pascoli ai campi, fino alle spiagge, dove i Marchesi avevano approntato un attracco. Proprio laggiù, tra le cime verdi degli alberi più alti, s'intravedeva il culmine della casa d'Orri, una villa di pietra chiara che, rivolta ad Oriente, aveva Cagliari, dall'altra riva del Golfo, in fronte.

Per quanti anni Gemiliano si era soffermato ad osservare quella casa lontana, specie alle prime ore dell'alba, dall'alto del bastione di Santa Croce, quando la prima luce si rifletteva su quella facciata remota, sull'altra sponda del Golfo; e quante volte si era ripromesso di visitar Villa d'Orri, e di conoscere finalmente i Manca...!

Sapeva della riservatezza dei Marchesi, e sapere che la maggior parte del tempo la trascorrevano in Continente, e in viaggio, gli aveva consentito di avere un pretesto per rimandare a oltranza quell'appuntamento.

Fin quando, proprio in quei mesi, aveano coinciso l'incarico della bonifica di Pula e l'invito da parte dell'amico, Don Gavino Nieddu, il quale, conoscendo assai bene il Marchese Stefano, si era proposto come sensale di un incontro. Tutto questo avea convinto Don Gemiliano che il momento per varcare quel confine era arrivato, forse perfino scritto nel cielo, lui che non credeva ci fossero confini, nel mondo, e nulla fosse scritto nel firmamento che non potesse essere ridisegnato dalla nostra mano.

Ma quando la piccola carovana ebbe varcato il solenne cancello d'ingresso, e attraversato il lungo lunghissimo vialone d'accesso, e giunse al cospetto della grande villa, che di lì a pochi anni sarebbe stata residenza di un sovrano, Don Gemiliano Deidda istintivamente si voltò indietro, e si vergognò di presentarsi così, con un carro colmo di miseri sacchi e mobilio, un'anziana donna alla guida, con accanto un ragazzetto gracile e pallido, e un povero vecchio su un asino, che si guardava attorno atterrito!

«Benvenuti, dunque!» esclamò Don Gavino, andandogli incontro.

Don Gavino Nieddu era un signorotto d'aspetto simpatico: basso, tozzo, con baffi e pizzetto alla spagnola, e l'intero abbigliamento fuorimoda, per non dir modesto, e trasandato, ma un sorriso e specie una risata così contagiosi che gli si sarebbe perdonato tutto. Anche il linguaggio, e le maniere, che così spesso apparivano per quel che erano. Il suo accento, e molti altri particolari, denunciavano la sua origine rurale, della Sardegna dell'interno, che i cittadini della Capitale ritenevano rozza e selvatica, se non addirittura primitiva. Ma l'intelligenza di Don Gavino gli avea consentito di conquistare titoli sempre più prestigiosi, fino alla carica di Giudice della Reale Udienza, che lo avevano innalzato ben al di sopra di quella superbia, senza peraltro concedere nulla alle chiacchere, o peggio: alle calunnie. Forse su queste basi era nata l'amicizia con Don Gemiliano. Certo, la famiglia Nieddu s'era arricchita, ne' secoli, gestendo con abilità il ruolo d'amministratrice (più ancora che i beni...) della grande famiglia feudale dei Carroz, e lo stesso Palazzo Nieddu, in costruzione in Castello, s'addossava così pesantemente sui resti di quello dei padroni spagnoli – sempre più lontani, sempre più assenti – che sembrava la raffigurazione stessa del parassitismo; e forse peggio. Ma dopotutto: chi si sarebbe potuto definire parassita di chi? Chi avea svuotato di potere e ricchezza una famiglia di usurpatori stranieri, o non piuttosto questi ultimi? E si potrebbe definire parassita quell'organismo che, approfittando di un patrimonio moribondo, vi si attaccasse e ne traesse giovamento, per sé e per la propria prole e, in una parola, traesse dalla morte vita? Non sarebbe stato, forse, più giusto riconsiderare il concetto stesso di parassitismo...? Don Gavino, insomma, neolatifondista, avea maturato negli anni una concezione del progresso assai simile a quella di Don Gemiliano Deidda, e la convinzione che l'investimento di capitali nell'agricoltura, nell'agricoltura moderna, avrebbe dissipato, oltre alla miseria delle popolazioni, anche gli ultimi pregiudizi e quei sospetti sulla sua famiglia, arricchendo, oltre al suo patrimonio, anche il suo nome, e più della sua fama il suo ricordo.

Per questo, Don Gavino aveva fatto mille pressioni politiche affinché fosse conferito a Don Gemiliano l'incarico di bonificare la piana di Pula, dove, di là della proprietà dei Manca, tra gli Amat e gli Aymerich, stava proprio la contea di Santa Margherita, posseduta dai Nieddu.

Fu dunque lui, quella sera, ad accoglierli a Villa d'Orri: «Il Marchese si scusa con voi, ma è stato trattenuto in Calasetta, e dovrebbe riuscire a raggiungerci, spero, dopodomani» così spiegò Don Gavino. «Intanto, mi ha concesso l'onore di accogliervi e farvi accomodare nella foresteria. Ma come mai siete arrivati così tardi?»

«Siamo partiti dopo mezzogiorno...» spiegò Don Gemiliano, distratto dai servitori che aiutavano Simplicio e Giustina, a loro volta a disagio «e ci siamo fermati più d'una volta lungo la strada...»

Don Gavino lo riempì di pacche sulle spalle, per scuoterlo da quell'imbarazzo, e lo abbracciò anche, divertito: «Domani vi accompagnerò a fare una passeggiata» gli disse. «Così vi rasserenerete un poco! Intanto, ritiratevi pure coi vostri familiari, e ci vedremo domattina, quando ne avrete piacere!»

La mattina seguente Don Gemiliano fu sveglio da presto; più precisamente, fu sveglio sempre, poiché non chiuse occhio per tutta la notte. Mille pensieri gli correvano per la mente e per il petto, come torme di cavalli in una battaglia, ma in rotta, non sapendo come battere in ritirata o riorganizzarsi – senza capo – per un'estrema temeraria sortita. Tutto si rimestava tumultuosamente, dalla sua sfida alla Città, che ormai sembrava persa definitivamente – e ad un solo passo dalla meta – per il silenzio e la distanza dei Tessa, alla mancanza di Flora, e di Paolo, ed alla illusione sempre disillusa che Pietro potesse avere una giovinezza vera, una vita intera...: tutto contribuiva ad iniettargli quel solito senso di sconfitta serpeggiante che lo aveva sempre eroso dentro, e contro il quale, pensava, avea sempre reagito con quell'energia innaturale che lo aveva reso famoso, e a volte ridicolo. Certo nessuno avrebbe mai sospettato che dentro quella sua fiducia incrollabile nel progresso della scienza vi fosse in realtà la reazione al suo pessimismo, sui cicli nefasti – ingiusti e ingrati – della Storia; certo nessuno avrebbe mai creduto che quella sua intraprendenza, talvolta addirittura temeraria, talvolta addirittura suicida, si alimentasse in fondo di una sfiducia crescente per la volontà umana, così minata dal peso del dubbio e della paura. Ma c'era qualcosa che, proprio per questa ragione, lo lasciava ancora più sconcertato, e cioè il fatto che, in certi momenti, in certi attimi miracolosi, la propria esistenza, l'esistenza di qualunque uomo, si rivelasse nella sua essenza irrazionale, in una sorta di epifania patetica che, per quanto lo coinvolgeva, tanto lo sconvolgeva! L'emozione dinanzi a un panorama, ad esempio, o l'ebbrezza di una scoperta...: ecco, ogni uomo doveva arrendersi a quella assurda semplicità dell'anima, che sembrava non avere alcun rapporto col significato delle proprie azioni, col loro risultato e, in fin dei conti, con la responsabilità umana! Possibile che, davvero, la vita, la ragione in sé, potesse essere questa?

Tutto questo si domandava, Don Gemiliano, quella mattina, quando, voltando la testa, vide il volto di Pietro che l'osservava. Per la prima volta in quella loro vita il figlio era al capezzale del padre, non il contrario, e lo osservava come se l'avesse capita lui, la vita, come se l'avesse sempre capita, e quello spaesamento paterno fosse per lui una cosa sciocca, che lo stupiva.

Poco dopo, padre e figlio passeggiavano presi per mano nel giardino della villa. Tutto era silenzio, attorno a loro: ossia, tutto era suono dell'alba, il canto degli uccelli nell'ora del saluto, l'intreccio delle rose che adornavano i palchi di pietra, solleticate dalla prima luce del giorno, i loro passi sul selciato ricoperto d'aghi di pino e foglie, foriere dell'Autunno; ed anche il fruscio del mare, s'udiva, tanto vicino, sebbene il tremolar della marina sembrasse tanto remoto, in fondo al lungo viale che, dal retro della villa, conduceva sino all'approdo. Padre e figlio s'accorsero che, lontano, bianco e celeste contro i tronchi neri degli alberi, sospirava un veliero ormeggiato: «Andiamo a vedere, Babbo!».

Attraversarono quindi il lungo viale, cinto da ogni tipo d'albero, dal pino al cipresso, dal larice al nasso: tutto il parco compreso tra la casa e il mare era un unico enorme orto botanico, che i Marchesi, nei decenni, aveano curato e reso famoso nel Mediterraneo. Passando in rassegna tutti quegli alberi e tutte le piante più rare, Don Gemiliano si sarebbe voluto fermare a ogni passo, ma il piccolo Pietro lo tirava con un tale entusiasmo ch'egli faceva resistenza gioiosamente, e solo per fomentarlo. Giunsero così al piccolo porto: sul molo si dondolava un veliero tanto minuto da sembrare un balocco e così vuoto e leggero da sembrare esso stesso di vento: «Pensi che ci possa salire sopra, Babbo?», e lui lo aiutò a farlo.

E mentre il figlio giocava ai pirati barbareschi e ai mercenari, recitando al tempo stesso il ruolo dell'avventuriero e del giustiziere, con quella disinvoltura morale che i bambini hanno il coraggio e l'innocenza di mostrare, inconsapevoli che diverrà presto il canovaccio della loro finzione sociale, Don Gemiliano osservava la Città lontana, specularmente a quanto aveva sempre fatto, dall'altro capo del Golfo. Ora il suo occhio, dall'altro versante del mondo, poteva considerare nel suo insieme tutto il Castello, seguire il ciglio del bastione sul quale era stato per tante sere seduto, e contare da lontano le casette ad una ad una, ricostruire il numero delle finestre di ciascun palazzo, ed intuire la sagoma di quelle pietre che la componevano. La sua Città, il suo corpo. Senza pudore, quella femmina al sole, che lo aveva cresciuto, che non aveva abbandonato, nonostante tutto, nonostante le lusinghe del vuoto, ostentava il suo ventre nudo e sgretolato. Anche a Flora, ripensò, al suo corpo giovane e malato. Al suo corpo sepolto nel fossato, che l'acqua s'è portata via, lasciando macchie di fiori di campo al suo posto. Che nascono, crescono e muoiono, indipendenti da noi. È così strano, la Bellezza che esiste a prescindere. La Bellezza che esiste, resiste e svanisce. Flora che ride non vista, poi che si volta, capisce, si lascia ammirare, col suo pancione pieno di Pietro, come se lo capisse, ch'è l'ultima volta che esiste. Ed ora? Cosa resta di lei? Di che consistenza è il vuoto? Di che materia il ricordo? Gemiliano ricorda le balie che allattano il mucchietto di foglie ch'è quel neonato e si scambiano sguardi furtivi, perché pensano ch'è già morto. Ma «All'armi!» gridava Pietro saltellando felice, tra il cordame, incespicando, e rideva, «Nel nome del Cielo, abbiate pietà...!» recitava accorato, «No! A morte!» e con una spada immaginaria infilzava infine il suo avversario. Don Gemiliano lo osserva in quel gioco e pensa: mio figlio. La stessa età nella quale sedevo per ore sul bordo del muro di Santa Croce, per osservare il mondo dall'alto. Sognando tutto quello che avrei fatto da adulto, e che mai si realizza, e per questo sopravvive a tutto. Poi però ricordò un episodio che aveva rimosso...: di quando, la sera della morte di lei, quando ancora si pensava che il neonato l'avrebbe seguita, gli dissero, le donne: «Portatelo via!» riferendosi al piccolo Paolo, che in un angolo del cortile, il volto premuto contro un pezzo di muro, si mordeva un labbro e piangeva rabbioso. Col cuore che sanguinava, lo aveva portato con sé, e condotto al Bastione, non sapeva perché, il sole che tramontava e loro che si trascinavano lungo la strada sterrata, senza dirsi una parola, il piccolo Paolo cercava di sfuggirgli, gridando, e lui pensava al fatto che tornando al suo borgo, nella sua casa, non avrebbe più trovato sua moglie, non avrebbe più trovato il suo frutto, il suo frutto caduto, quel piccolo frutto restato privo di nome e di voce e di volto, che non avrebbe mai conosciuto, gli rimaneva lui solo, Paolo, quel bimbo oscuro e lontano, che non lo aveva accettato, lui padre senza padre, lui figlio senza figlio, ma lo aveva issato ugualmente sul bordo del muro, con la stessa forza e lo stesso strazio di Abramo, e per distrarre se stesso ancor più che il bambino, gli aveva detto: «Lo vedi, il Golfo degli Angeli...? E gli stagni con il Popolo Rosso...?», ma Paolo voltava il capo dall'altra, sprezzante, singhiozzava di rabbia e cercava di svincolarsi da quell'abbraccio contratto, di padre inutile, di corpo infranto.

«Vieni, adesso...» disse richiamando Pietro.

Il piccolo balzò fuori dal veliero e lo raggiunse di corsa, ansimante, sudato. Gli scosse i capelli sul capo, lo guardò orgoglioso. Il mondo sarebbe rimasto imperscrutabile, ma l'Uomo si sarebbe salvato.

Tornando indietro, lungo il viale cupo, intravidero un giovane giardiniere che, curvo sulle aiuole, curava con somma delicatezza ogni fiore. Gli si accostarono e quello, voltatosi, li osservò con un certo stupore. Don Gemiliano gli spiegò ch'erano ospiti del Marchese, e gli chiese la gentilezza di guidarli per l'orto botanico, illustrando loro la collezione. Così quello, dopo essersi nettato le mani sul grembiule, molto grossolanamente, fece di buon grado quanto gli era stato chiesto. Grossolano non fu, però, nel guidarli alla scoperta di quel piccolo paradiso, ed anzi Don Gemiliano si complimentò molto con lui, per la proprietà di linguaggio e per la passione che dimostrò in quella lezione.

In questo modo, quella mattina, Don Gemiliano e Pietro conobbero il corcoro giapponese, l'elicriso della Nuova Olanda, il giglio tigrato e quello superbo americano, la serissa e il crisantemo indiano, la camelia orientale, il pelargonio bicolore e il metrosidero lanceolato; conobbero l'oleandro e la giorgina messicana, l'anemolo ortense ed il papavero grandifloro, l'amarillide formosa e il tulipano, e poi i garofani cinesi, e tutti i tipi di viole, oltre ai narcisi ai fiordalisi ed ai giacinti, ovviamente, ed i giglioni iridi e le petunie; conobbero l'aloe brizzolato, la stapelia grandiflora, il sopravvivolo cesputo, e addirittura il quadricordo piè di lupo! Don Gemiliano fece tutte le domande che gli vennero in mente e quel giovane giardiniere lo soddisfò perfettamente, fino al momento in cui quella lezione venne interrotta dall'arrivo di Don Gavino, il quale vedendoli esclamò: «Signor Marchese!» e il giovine giardiniere, esibendosi in un inchino ironico, gli rispose: «Futuro Conte!».

Fu così che Don Gemiliano, insieme al corcoro giapponese, conobbe anche il Marchese!

Furono quelli a Villa d'Orri i giorni più felici della vita di Deidda. Cavalcando insieme al Marchese Stefano e a Don Gavino, visitando le aziende agricole, e i campi e gli allevamenti, e chiacchenando e discutendo di passioni comuni, Don Gemiliano ebbe la sensazione, per la prima volta nella sua vita, d'essere compreso e di comprendere. Nel mentre, Pietro si riprendeva, giorno dopo giorno, addirittura aveva insistito per montare a cavallo, e trascorreva gran parte del tempo al passo, accompagnato da un servo, a conoscere quel mondo che, fino ad allora, gli era stato solo raccontato. Giustina e Simplicio, al contrario, erano annientati nello spirito e nel corpo, esausti dalla novità dell'ozio o, per dirla con loro, «del fare niente a parte stare al mondo». Non avevano più neanche la forza di discutere fra loro, e passavano il tempo in silenzio, seduti accanto su una panchinetta, a contare i giorni che mancavano alla partenza per Pula, che per loro avrebbe significato riprendere il lavoro, il filo del discorso, il senso, appunto, dello stare al mondo.

«Vedete la differenza tra il pastore e l'agricoltore» disse una sera il Marchese Stefano, mentre sostavano, i tre amici, sopra i loro cavalli, in cima ad un colle che dominava la pianura. «Il pastore non lavora: a parte sorvegliare le greggi, non fa nulla: si limita a mungere le pecore, ma per il resto le guida al pascolo e le controlla, standosene fermo a sonnecchiare sotto l'ombra di un albero. Neanche si cura, come ho fatto io, di approntare i terreni perché siano pascoli buoni: anzi, pur di non farlo, erra, cerca sempre nuove terre da sfruttare, lasciando sfruttate quelle alle sue spalle; e va avanti così, cieco e sordo, ed è pronto ad uccidere chiunque tenti di fermarlo, e brucia e ruba, pur di sopravvivere in quel suo stato di sradicato» così disse «al contrario, il contadino si radica: sceglie un terreno adatto, lo recinta, lo cura, spende tutta la sua vita per migliorarlo, si spezza la schiena, e spesso la sua fatica è finalizzata, non a produrre per sé, ma a produrre per quelli che verranno! Quando pianta un albero, il contadino, lo fa spesso sapendo che non lo vedrà cresciuto a tal punto da goderne il frutto: eppure lo pianta, e lo innaffia, e lo sostiene, steccandolo contro il vento, curandolo quando si ammala, perché sa che qualcuno, i suoi figli o i suoi nipoti o chiunque verrà, ne godrà, ne vivrà, e sente che questo è il suo dovere, perché se mangia e se lavora è grazie a suo padre, e grazie a chi segue chi precede, e questo gli basta! Per questa stessa ragione, il contadino non sconfina dalla sua terra: rispetta quella altrui perché, se anche avesse la forza di espandersi, non lo farebbe sacrificando qualcuno, perché di quel qualcuno rispetta la fatica, che è anche la sua! È dall'agricoltura» concluse «che nasce la solidarietà, quindi la società. Dal pastoralismo, invece, nasce solo l'egoismo, la prepotenza e, in una parola, l'anarchia!»

«È così...» sospirò Don Gavino, amareggiato «il pastore errante, bellissimo per l'antropologo e per il romanziere, è la rovina della nostra terra... E quando la cresciuta civiltà lo avrà cancellato dalla Sardegna, quest'Isola si salverà.»

Tutte queste parole risuonavano ancora nelle riflessioni di Don Gemiliano, il giorno in cui partirono per Pula. Davanti al piccolo convoglio erano lui e Don Gavino, a cavallo. Sul carro Giustina e Pietro, che con quel suo nuovo piglio avea preteso di guidare; e a chiudere il solito asino col solito Simplicio, che si guardava attorno e che pensava, tra sé: "In Barberia, sembra di stare!".

Ai loro piedi, il bel borgo di Sarroch, piccolo e bianco, stava accoccolato sulla spiaggetta, al cospetto del grande golfo color blu cobalto, che sembrava quasi un mucchietto di conchiglie che le onde docilmente avevano raccolto.

«Il riso e il pianto...» sussurrò tra sé Giustina, come se fosse stupita di quella scoperta, come se ne fosse stata illuminata in quel momento, e Pietro la udì e le domandò cosa avesse detto. La donna sembrava immersa in pensamenti profondissimi, quindi osservò il piccolo, che ostentava quell'espressione da adulto, e gli spiegò, un po' sottovoce, come spesso facevano tra loro: «Lo dice la Sacra Bibbia...».

«Cosa?»

«Che c'è il tempo per ridere e c'è il tempo per piangere...»

«E che significa...?»

«Appunto... Io l'ho capito adesso. Ti ricordi cosa dice spesso tuo padre, che prima nella nostra Isola c'era tanta ricchezza e tanto popolamento, e poi cademmo in disgrazia, noi Sardi, tanto che ora siamo così poveri e siamo ridotti a pochissimi cristiani, rispetto al passato?»

«Sì, e allora?»

«E ti ricordi cosa ha detto l'altra sera, quando siamo passati sotto il borgo di Capoterra, quando ci ha raccontato la sua storia, che prima era ricca e poi povera e adesso è ritornata ricca, grazie al Signor Marchese ed al progresso?»

«Certo che lo ricordo! Ma che c'entra questo con la Bibbia?»

«Nella Bibbia c'è scritto che, per l'uomo, c'è il tempo per ridere e c'è il tempo per piangere, e solo ora, alla mia età, ho capito il significato...!»

«Ossia, che per i popoli, come per le persone, ci possono essere giorni felici e giorni tristi...?»

«Sì, e poi nuovamente felici» sorrise Giustina, guardandosi attorno, e gonfiando il petto di respiro, come se fosse proprio soddisfatta di quella verità.

Pietro, invece, sembrava dubbioso. Nel mentre suo padre rideva contento, per una storiella raccontata da Don Gavino: «Davvero l'ha chiamata così? La Libertà?».

A Pula, dunque, si stabilirono presso la villa di Don Gavino, che a quel tempo era ancora una grande casa rurale, con magazzini e stalle troppo piccole ed un numero di servi certo insufficienti a realizzare gli ambiziosi progetti del padrone. Né i capitali dei Nieddu avrebbero potuto attirare tutti i coloni necessari per coltivare terre che, a quel tempo, erano ancora per la gran parte paludose o aride. Di questa casa, però, Don Gemiliano fe' la sua base, per pianificare e organizzare e poi guidare quei lavori di bonifica che sarebbero dovuti durare mesi, e durarono anni.

In quei giorni, a Santa Margherita, a casa Nieddu, Don Gemiliano poté anche conoscere i fratelli ed i cugini ed i nipoti di Don Gavino, tra i quali un giovinotto, piuttosto arrogante, col quale discuté una sera, e assai duramente, in uno scontro tanto breve che tuttavia gli sarebbe rimasto in mente per sempre: «Progresso!» gridava quello. «Quale progresso? In Sardegna siamo costretti ad importare tutto, per prime le parole! Che senso ha parlare di progresso quando, in quest'Isola, sembra che tutto giri su se stesso? In cosa si concretizzerebbe, questo progresso, per noi Sardi? In tagli d'alberi, in scavi di miniere, in sale? Questo è sfruttamento, e basta, e non crediate ch'io lo condanni! Ah no: lo sfruttamento è l'unica cosa che si merita quest'Isola, capace a fare niente!». Così gridava, quel giovane. Che non si capiva con chi volesse prendersela, se col suo ospite illustre, o con lo zio, o con se stesso, forse, per quella sua mancanza di coraggio che gli avrebbe consentito, forse, di sopperire all'ignoranza. E nel salone, tra i parenti presenti, v'era una tale sprezzante rassegnazione, che Don Gemiliano si sentiva in dovere di difendere lui il progresso, e la Sardegna, e quel rapporto assurdo e fatale che, secondo lui, avrebbe dovuto esservi, tra un'idea di moto e la sua terra ferma. «Quest'Isola» proseguì il giovane, ancora più feroce «sapete come la vedo, è come una prostituta, vecchia e avvizzita, che si dà al primo passante, perché ne tragga quel che si può trarre ancora, invero poco, e le lasci in cambio un'elemosina!»

«Basterebbe che faceste qualche ora di cavallo» gli rispose Don Gemiliano «per accorgervi che vi sbagliate: uomini grandi come i Marchesi di Villahermosa hanno dimostrato che non è come voi dite: che anche da un deserto può nascere un'oasi, ed io credo che vostro zio, non diversamente...»

«Smettiamola di prenderci in giro!» lo interruppe quello. «I Signori Manca hanno potuto investire in Villa d'Orri perché hanno sempre sfruttato mille altre terre! Per loro Villa d'Orri è un passatempo, una villa di rappresentanza che nasconde la condanna di quest'Isola, che è sempre stata e resterà sempre feudale! Mio zio, poi!» concluse velenoso. «Mio zio sogna di scimmiottare quella stessa illusione, con la sola differenza che i Nieddu hanno ben pochi territori da sfruttare! Mio zio è un folle, Signor Deidda, che vorrebbe spendere in una follia quello che non ha, e che pure vuole disperdere!»

«Quanto a questo...» soffiò sprezzante Don Gemiliano «mi dicono che il signorino fa ben di peggio, col gioco d'azzardo, e con le donne...»

«Non diversamente da vostro figlio!» gli ribatté quello con sommo disprezzo, andandosene.

Don Gemiliano passeggiò a lungo, quella notte, nervosamente e pensosamente, lungo i viottoli sterrati della proprietà. Pensava alle parole di quel giovane arrogante, e pensava a Paolo, al fatto che non li avesse raggiunti. Era ormai un uomo, Paolo, un uomo senza aspirazioni, senza attitudini, che non fossero la violenza e l'azzardo. Certo, si sarebbe potuti considerarli pregi, in un certo qual concetto di mondo, doti adatte a percorrere talune carriere... Ma che speranza di felicità avrebbe potuto avere, o dare a chicchessia gli fosse stato accanto, o sotto, o dietro, se si fosse ritrovato alla metà della vita senza aver costruito niente? Certo, sapeva che vi erano uomini che non consideravano vita sprecata quella vissuta sprecando, e forse qualcuno avrebbe potuto concludere che Paolo, essendo senza qualità, non avesse sprecato nulla, ma speso semplicemente quel tanto di eredità materiale e morale che gli era giunta dal padre, come tanti fanno; ma se quel qualcuno non fosse stato un giudice estraneo, né lo stesso Paolo, ma fosse stato proprio suo padre, patrigno che fosse, come avrebbe potuto rassegnarsi alla consapevolezza di aver fallito? Don Gemiliano s'inoltrava nei sentieri a capo chino, ripetendosi che, se Paolo li avesse raggiunti, gli avrebbe parlato, gli avrebbe finalmente parlato come non aveva mai fatto, chiedendogli più che sgridarlo, chiedendogli come pensava sarebbe stato felice, e non minacciando. Si riprometteva questo, Don Gemiliano, ripetendosi che non era troppo tardi, sebbene in ritardo. Collinette ondulate e docili si stendevano lungo il mare, ch'era quasi inaccessibile, poiché tutti i sentieri s'interrompevano a un centinaio di passi dall'acqua, disfacendosi in sabbia e sterpaglie. C'era solo silenzio, quando si fermava, e il respiro lento e bonario del mare quieto. Poi si guardava attorno, come faceva lui. E si domandava: "Cosa ci sarà, un giorno, al posto di tutto questo...?". La domanda che, fin da bambino, si era sempre fatto. Guardando una campagna, si domandava sempre se vi sarebbe sorto un borgo, e come sarebbero spuntate le casette, come funghi nel bosco, e come si sarebbero collegati i cortili, tra loro, con corti comuni di famiglie imparentate, che il matrimonio e i figli avrebbero unite, e che sarebbero sopravvissute anche ai litigi e alle separazioni perché, meditava Don Gemiliano, le cose e i luoghi sopravvivono molto più a lungo degli affetti e degli uomini. Così, osservando i borghi, lo appassionava immaginare come si sarebbero evoluti, in quale direzione e in quali forme, come se l'insieme delle scelte delle persone, delle famiglie, delle comunità, fossero guidate governate da dinamiche superiori, la somma delle loro volontà che ciononostante avrebbe spesso frustrato, a volte addirittura contraddetto, il loro senso individuale. Su tutto questo rifletteva Don Gemiliano: su come gli oggetti sopravvivessero agli uomini, e le modifiche dei luoghi non fossero il risultato degli obiettivi di qualcuno, ma qualcosa di più imperscrutabile: escluso il Caso, escluso persino il disegno di un Creatore, rimaneva una sola spiegazione: il senso di uno sviluppo meccanico e fatale. Che era in sé. Che quindi, un giorno, si sarebbe potuto studiare, capire, prevedere. In tutto questo, allora, a cosa si riduceva l'uomo, l'uomo singolo, l'uomo solo, quale lui era? Illudersi di poter davvero modificare i luoghi, a propria immagine e somiglianza, illudersi di lasciare un segno, un'orma? Che tramandasse cosa? Il proprio nome per qualche secolo? Il proprio merito per quel breve patetico segmento dell'eternità che era la Storia? Non sarebbe bastato, non sarebbe servito.

O forse bisognava arrendersi all'idea che il proprio lavoro, il proprio entusiasmo, sarebbero stati utili solo a quelle persone, solo a quelle genti, che avrebbero abitato le case di una città ben governata, circondata da una pianura bonificata, e che avrebbero mangiato tutto il pane e bevuto tutta l'acqua necessaria, e che avrebbero cresciuto figli sani, finalmente lontani dalla mal'aria? Se questo fine fosse stato raggiunto anche solo parzialmente, anche solo temporaneamente, ma fosse stato il risultato di una azione consapevole, non sarebbe stata una soddisfazione sufficiente, una ragione l'unica ragione per vivere? Perché la consapevolezza di aver partecipato alla propagazione di quella felicità futura, se anche fosse restata inconsapevole di chi l'aveva perseguita, avrebbe rappresentato una somma di gratitudine messa a bilancio, anche se mai incassata.

Di più, pensò Don Gemiliano, perché il lavoro e l'entusiasmo di ciascuno generavano un benefico contagio. Esempio e sprone per qualcun altro. Forse non tutti, ma per i propri concittadini, allievi, amici, e forse figli, sì.

Paolo, in quei giorni, cavalcava furioso, furiosamente.

Cavalcava lungo le terre ad Occidente di Cagliari: Elmas e poi Uta e poi Decimomannu e quindi Siliqua: ogni due o tre ore scendeva da cavallo, apriva le carte del padre e cercava di capire quale ragione (se ragione vi fosse!) lo avesse spinto ad acquistare quelle strisce di terra. Strisce di niente.

Rialzava lo sguardo da quelle carte, al panorama che lo circondava, e non vedeva nulla che potesse attirare la sua attenzione: era da solo, al centro di una tavola piatta, acquitrinosa, senza un albero o un segno di vita: perché acquistarne? E quand'anche quelli del padre fossero stati investimenti in campi che, un giorno, avrebbero potuto produrre qualcosa, perché acquistarne porzioni così sottili e lunghe? E perché poste proprio in quell'apparente successione? Tutto questo si domandava Paolo, ossessivamente, risalendo di volta in volta a cavallo, per ripartire nella sua ricerca, e quanto più rabbiosamente ricostruiva quel percorso verso qualcosa, tanto più s'accumulava dentro di lui lo stesso sospetto che aveva animato anche suo padre, e cioè l'assenza di un senso, e di una meta.

Cavalcava di fatto sopra una lunga strada di cui, tramite il padre, era proprietario, costretto in un canale immaginario che avrebbe dovuto sfociare in qualche mare, ma quale? Nonostante tutto, Paolo sentiva dentro di sé che vi era qualcosa di profondo, qualcosa di segreto, che aveva spinto suo padre. Lui, che si era sempre sentito affogare in quella loro estraneità, ora la assaporava con cautela e curiosità, con rabbia e avidità, contemperando la repulsione e il rapimento di chi assaggia una pozione misteriosa, e ne teme ne attende l'effetto su di sé... Sapeva della sfida che il padre avea lanciato alla Città: rifornirla d'acqua. Per duecentomila bocche. In un anno. Senza necessità di chissaquali capitali. Ma come? Dopo aver lanciato quella sfida, suo padre aveva attraversato un lungo periodo di euforia e preoccupazione, avea iniziato a fare viaggi e progetti, e successivamente si era indebitato, pur di acquistare tutti quei terreni. Strisce di terra che, una dopo l'altra, senza interruzioni, partivano dalla Città e percorrevano miglia e miglia, verso Occidente, verso niente. Poi, d'improvviso, dopo molti mesi, Don Gemiliano si era come arreso, per qualche segreto motivo. E non aveva più parlato della sfida lanciata alla Città, lasciando che tanti concittadini – ch'in fronte, chi alle spalle – lo deridessero. Aveva messo sotto chiave i progetti e riposto quelle carte; con tutta l'incuria e l'infelicità con le quali lasciamo, noi maschi, un'avventura mancata, con le quali teniamo a distanza, ma a portata di mano, una donna che ci amò, ma mai abbastanza. Paolo, partito il padre, rimasto solo, aveva recuperate quelle carte, avidamente, aveva tentato di ricostruire i progetti del padre. Ma inutilmente: una serie di strisce di terreno, poste in successione, conducevano da Cagliari verso Siliqua. Tutto qui. Solo linee sulle carte e debiti presso le banche. E quella sensazione persistente di mistero che lo tormentava. Perché doveva sapere. Perciò, partito alla ricerca di indizi, il giovane aveva attraversato la zona del Fangario (dove il padre aveva acquistato i primi terreni) e aveva notato che su di esso campeggiavano delle rovine, forse romane. Così, aveva avuto un'illuminazione: un acquedotto, un acquedotto romano! Forse suo padre aveva pensato di ricostruire un acquedotto romano, di cui aveva ritrovato i resti...!

Poi, però, proseguendo la sua indagine, l'idea di un acquedotto era crollata su se stessa, come un castello di materiale troppo precario. A parte qualche resto di ponte, infatti, non scorse più alcun frammento di muro, e non sarebbe stato possibile, per suo padre, ricostruire un acquedotto intero, così lungo, in così poco tempo, con così pochi mezzi... E allora? E allora rimaneva il mistero. Ed il timore che in fondo ad esso non vi fosse una verità, ma l'illusione e l'inutilità, e forse la sua e forse la nostra vanità.

Paolo percorse tutta la linea tracciata sulle carte del padre, fino a Domusnovas, un paesino di poche case, ai piedi delle montagne. Lì erano gli ultimi terreni acquistati da Don Deidda, lì s'interrompeva la linea, e il giovane era ormai stanco e persuaso che quella sua ricerca, così come la sfida del padre e quella spesa, fossero state quasi certamente una medesima follia. La sua, la mia.

Stava proprio apprestandosi ad entrare nel paese, quella notte, quando accadde un fatto inquietante, forse un presagio. A cavallo, stava transitando sotto un arco che, nelle tenebre, gli era parso una porta del borgo, posta proprio all'ingresso della via principale, a ridosso delle prime case che, infatti, s'intravedevano. Era al passo, poiché la marcia era ormai finita ed il cavallo esausto, quando d'un tratto, proprio nell'atto di passar sotto quell'arco, sentì sul volto come una ragnatela, o piuttosto una fronda leggera, di un albero che però non v'era: istintivamente s'arrestò e guardò in alto, per capire di cosa si trattasse: vide così che appena sopra il suo capo pendeva la testa rovesciata di una donna morta. Un urlo di orrore gli serrò la gola, il cavallo ebbe un sussulto e rischiò di disarcionarlo: ma il suo sguardo rimase fisso, agghiacciato, su quella vista mostruosa: quello che nel buio gli era parso un arco era in realtà una forca, posta come si usava alle porte del borgo, la ragnatela una chioma sudicia e sparsa, la testa di una condannata a morte, tagliata forse quello stesso giorno, giacché sembrava aver grondato sangue fino a poco prima: le guance non s'erano ancora afflosciate del tutto e solo un occhio era stato divelto da qualche corvo. L'altro, invece, continuava a fissar nel vuoto, quell'attimo di tempo eterno che lo aveva mozzato.

Caterina Tessa teneva il capo rivolto sul libro, ma non leggeva. Fissava invece la sua figura preferita: quella di Eleonora d'Arborea, a cavallo, vestita come un'amazzone, che brandiva la spada.

Dalle finestre spalancate, schermate da una stuoia, penetrava pungente l'odore del mare, che era tutt'uno col suo fragore, lento e salato, schiumoso e languido. Era l'ora più calda del pomeriggio, era l'ora dell'ozio e della lettura. Accanto alla finestra, seduti su due poltroncine uno di fronte all'altro, stavano i due zii, che sonnecchiavano, la testa ciondolante o buttata all'indietro, russacchiavano e borbottavano come i piccoli gorghi tra gli scogli, e tra loro vi era il tavolinetto degli scacchi, ed una partita infinita, smossa di qualche pezzo. Caterina si voltava spesso verso di loro, osservava gli occhi socchiusi dell'uno, quelli socchiusi dell'altro, e non capiva mai a chi toccava muovere, poiché entrambi sembravano attendere, annoiati, la mossa dell'altro, e questo non sembrava accadere mai.

Davanti a lei, invece, dall'altra parte del tavolo, sedeva il suo precettore. Era un sacerdote, forse neanche trentenne, eppure aveva già le rughe ed uno strano pizzetto brizzolato che lo facevano apparire molto più anziano. Rughe e pizzetto simpatici, però; stava sempre col capo chino su un cartiglio fitto fitto di numeretti e calcoli, e strane figure, tutto assorto in queste cifre, non si rendeva conto di scuotere ininterrottamente la testa, con sommo sconforto, digrignando i denti e soffiando, esasperato, perché pare che que' suoi conti non tornassero, mai. Ed ogni qual volta Caterina lo spiava, quello se ne accorgeva e le sorrideva con un sorriso ampio e benevolo, annuendo con la testa, come per dire: "Brava bambina, brava Caterina, studia studia...".

A Caterina piaceva ogni tanto rompere quella quiete assurda, con qualche domanda, perché tutti e tre se ne destavano, infastiditi i due, in apprensione l'altro: «Vi posso chiedere una cosa?» gli domandò allora d'un tratto.

«Ma certamente, signorina...».

E gli zii avevano aperto uno spicchio d'occhio, prima per lei, poi per la Regina.

«Pensavo ad Eleonora d'Arborea...»

«Mmh...» mugolò il sacerdote, lanciando uno sguardo obliquo verso la pagina di quel libro.

«Pensavo...: come è possibile che la Sardegna, che voi mi dite così selvaggia, avesse una regina così giusta e saggia?».

Il precettore rimase un poco interdetto: «Beh, anzitutto non era esattamente sarda...» provò a spiegarsi «e poi...»

«E poi non è mica detto che un popolo si meriti il sovrano che ha!» sbottò uno degli zii, improvvisamente desto e soddisfatto della sua affermazione; l'altro zio ebbe un sussulto ed allargò gli occhi allibito, poi si guardò attorno, diede una controllatina alla scacchiera, e borbottò qualcosa tra sé; il precettore era pensieroso, ma gentile, e disse: «Come osserva giustamente vostro zio, quasi sempre i popoli sono così piccoli da non comprendere la grandezza de' propri governanti...» e poi sorrise «altre volte, certo, può darsi il contrario, come accade che certi allievi siano migliori de' propri maestri!».

Gli zii avevano ripreso a russare. Caterina rifletteva: "Ma

mi domando: com'è possibile che il popolo di Sardegna, che voi mi dite così barbaro, non abbia tratto alcun beneficio da leggi così civili, come quelle che gli furon date...?".

«La Sardegna è un'isola disgraziata...!» sbottò nuovamente lo zio, irritato, e ne approfittò per muovere contro la Torre, ma poi vi ripensò e riposò il pezzo per pensarvi ancora un annetto. «Buona a produrre sale, carbone, qualche cavallo...» e poi, fiero di sé, «e qualche cavalla!» e ridendo diede una spinta al gomito del fratello, che trasalì ed istintivamente andò a muovere il Cavallo, ma titubantissimo su dove posarlo.

«Il fatto è che...» riprese il precettore «non sempre le riforme decise dai governanti riescono a raggiungere i risultati sperati... Spesso le leggi sono troppo ambiziose, e il popolo non riesce a ottemperarle... Ciononondimeno, è dovere di chi guida, indicare la direzione, sebbene i sudditi siano impreparati, inadeguati, incapaci di seguirla; perché le regole vanno dettate ed onorate esattamente come i comandamenti, la cui necessità risiede proprio nella abitudine del popolo ai peccati e quindi a violarli!»

Caterina però era confusa e insoddisfatta. E insisté: «Non mi sembra possibile che la Sardegna sia diventata così primitiva, come voi dite, quando secoli fa era così civile...».

Lo zio teneva ancora levato il suo Cavallo, ed alla fine si decise a riporlo nel suo posto originario. L'altro zio, sonnecchiando, sbuffò.

Il precettore tacque a lungo, tentennante. «Il fatto è che...» ammise quasi sottovoce «la Storia di un popolo, come di una famiglia, non è come quella di una persona, che ha una evoluzione, nasce cresce studia e, chi più chi meno, impara qualcosa... Temo che la Storia sia piuttosto simile a una serie di cicli, signorina Tessa, nei quali c'è il tempo della civiltà e quello della barbarie, tempi di pace e di progresso ma anche guerre e distruzioni... Ecco: il fine di questi cicli è mistero, oserei dire, anch'esso della fede...»

«E l'uomo...?» domandò allora Caterina, che però dentro di sé pensava alla donna, e più in particolare ad Eleonora, e più in particolare a se stessa, vestita come un'amazzone, con tanto di spada.

«L'uomo può solo sforzarsi di far qualcosa...» sorrise il sacerdote «anche se spesso sente di girare a vuoto, o su se stesso, la sua volontà, ed il suo impegno, sono l'unica ragione per cui sta al mondo...»

L'indomani Paolo fu ricevuto dal capo villaggio di Domusnovas. «Ieri sono stato accolto da quella... testa!» scherzò il giovane, sarcastico.

Il capo villaggio, seduto davanti a lui, versò del vino molto lentamente. «*Bruxa*...»[1] sussurrò, senza guardare il giovane forestiero.

In un angolo della stanza, nella penombra, v'era la sagoma di una vecchia, incappucciata, tutta piegata su se stessa, immobile e silenziosa. Ma il lampo degli occhi ancora vivi s'intravedeva, come quando s'intravede il brillio di gioielli caduti in una pozza profonda. Dopo molto tempo, trascorso a bere in silenzio, Paolo chiese al capo villaggio di vedere il terreno acquistato dal padre.

Quello lo fissò a lungo, poi diede uno sguardo rapidis-

[1] Strega.

simo in direzione della vecchia, come per assicurarsi che fosse ancora lì, e sospirò: «Le fonti...».

Paolo si voltò istintivamente verso l'ombra, ma senza una ragione apparente. Poi, rivolto nuovamente al capo villaggio, confermò, insofferente: «Sì, le fonti!».

Passeggiò a lungo sotto i grandi alberi, tra i possenti massi coperti di muschio, tra i quali scorrevano migliaia di rigagnoli gelidi e argentati, come bisce sfuggevoli dal capo nero. Passeggiò guardandosi attorno e tra i piedi, riflettendo sul nulla, fingendo di ragionare con se stesso; il capo villaggio, poco lontano, faceva altrettanto, scrutando tutt'attorno col muso levato, annusando l'aria come fanno quei cani che ti seguono, ma fingono di non farlo. Quella era dunque la meta del suo viaggio? Quella era la fonte dell'acqua che avrebbe dovuto placare la sete e il desiderio della Città di Cagliari? Lontano ore di cavallo, v'erano tra quelle pozze sparse e quelle bocche assetate, tra quei piccoli mulinelli e i gorghi spaventosi del Castello, miglia e miglia, strade scoscese di colline molli e piane desolate, di acquitrini e anguille...: come collegarle?

«Ma vi sono, attorno al paese, resti di mura romane?» gridò al capo villaggio.

Quello lo fissò a lungo, poi scosse la testa, come infastidito. Poi gli disse: «Le vasche...»; intendeva delle grandi vasche di granito, ormai spaccatesi, ricavate tra le rocce «quelle sono antiche...».

Paolo, stancamente, si issò su alcune pietre, guardò le vasche dall'alto: la vecchia, tutta ricurva, sedeva su un masso, lungo la parete esterna della vasca principale, semivuota.

Li aveva seguiti. Faceva il rosario e borbottava qualcosa. Paolo scese cauto e le fu accanto.

«Raiòsa...» sussurrava quella «Lucia Raiòsa...»

«Che dice...?» domandò Paolo al capo villaggio, quando questi si fu avvicinato.

«È la leggenda del Marchese di Oristano...»

«Del Diavolo!» lo corresse quella, con uno sguardo severo e allucinato.

«Secondo la leggenda» spiegò il capo villaggio, «il crudelissimo Marchese di Oristano, secoli fa, si fece scavare un lungo canale sotterraneo, che gli consentiva di scivolare verso la Capitale, tutte le notti, e ritornare in paese la mattina seguente, ancora ebbro e confuso de' suoi delitti...»

Paolo si guardò attorno, poi osservò a lungo la vasca. L'acqua scivolava fuori dalla spaccatura, svuotandola parzialmente. Archi di pietra emergevano dalla superficie placida. Sul fondo, in trasparenza, grandi blocchi di pietra, gli uni sugli altri.

«E cosa c'entra Lucia Raiòsa...?» domandò piano, tremante.

«La stessa leggenda...» sospirò il capo villaggio «ma per infanti».

Paolo fissò negli occhi la vecchia, che fece un lento cenno col mento. Lui le confermò col capo. Aveva capito.

Pietro, quell'anno, per la prima volta nella sua vita, trascorse l'Inverno senza soffrire febbre. Anzi, la vita che fece a Pula, all'aria aperta, spesso seguendo il padre nelle sue giornate di lavoro, mentre le squadre di operai scavavano i canali per liberar le piane da tutti gli acquitrini, sembrò liberare il suo corpo dagli umori cattivi: il petto fu spurgato dalla tosse, la carne strizzata dai fremiti di freddo, e anche le occhiaie si asciugarono, il viso suo si ridistese come non era stato mai, ed acquistò un colorito talmente bronzeo che Giustina e Simplicio, per canzonarlo, presero a chiamarlo "il Maureddino"!

«Portatemi al mare!» pretese un giorno di Primavera, e i due anziani servi lo accompagnarono. «Raccontatemi ancora di quando vi liberarono!» pretese poi, e Giustina e Simplicio tentarono di ribellarsi: «Ma quante volte ve lo dovremo raccontare? Ormai non siete più un bambino!». Ma Pietro era ormai un piccolo tiranno ed i vecchi si arresero.

Sedevano tutti e tre sulla sabbia, quel pomeriggio soleggiato, accoccolati sotto un ginepro torto, cresciuto in cima a una duna bianca e pagliosa: sotto di loro si stiracchiava il mare irrequieto, come un grosso bambinone capriccioso che non voleva alzarsi dal suo letto, e poco distante dalla riva stava lo scoglio di San Macario, che Pietro immaginava come l'intero mondo lontano, quell'altro mondo che gli avevano sempre narrato, teatro di tutte quelle avventure che gli stavano raccontando.

«Tornammo quindi a Tabarca, piuttosto fiduciosi, perché ci avevano assicurato che Genova ci avrebbe protetti, e tenuti alla larga i temibili barbareschi...» raccontava Giustina.

«Ma voi vi sbagliavate!» l'anticipava Pietro, allegro.

«Ma noi ci sbagliavamo!» confermava Giustina. «E più precisamente si sbagliava il vostro servo Simplicio, che tanto confidava ne' Genovesi, mentr'io sempre lo mettevo in guardia da costoro, quanto da' maomettani, ch'è impossibile fidarsi di loro!»

«Almeno quanto delle donne...» sospirava il marito, e riprendeva la moglie: «Non erano trascorsi, credo, neanche due anni, in quella maledetta isoletta, che vennero i pirati tunisini, come volevasi dimostrare, come avevo temuto io, e in una notte, in una notte sola, predarono tutto, bestie e cristiani, compresi noi! E non vi dico le sofferenze: solo, vi basti sapere che ci divisero, marito e moglie, su due diverse navi ci imbarcarono, e fatti sbarcare in porti differenti, tenuti in prigionia in luoghi diversi, in Tunisi, in mezzo agli infedeli, senza sapere se l'altro s'era salvato!»

«E c'è di peggio» aggiunse Simplicio, «perché trascorsero sì pochi mesi, che ci ritrovammo!» e rise Pietro.

«Poi per fortuna la prigionia fu lenita, dal fatto che poco dopo nuovamente ci separarono!» rispose Giustina stizzita.

«Ma ora ditemi» li interruppe Pietro, «in cosa consisteva la vostra prigionia? In catene, in celle?»

«No, certamente» spiegava Giustina, gustandosi anche lei quel gioco delle parti per cui sapevano entrambi cosa rispondere e cosa domandare, in quel racconto di tanti anni ch'era cresciuto accanto a loro, mutando sempre e rimanendo identico, proprio come uno di loro. «Io, con molte altre compagne, venni condotta al Palazzo Reale, come domestica della consorte del Bey... una delle tante...» aggiunse maliziosa «mentre il povero marito mio fu messo tutto il giorno a non far niente...»

«Razza di barberina!» protestò Simplicio. «A noi ci misero a remare nelle galere, altro che storie!»

«Per due volte che t'imbarcarono, a fare il giro del golfo, ora ti pavoneggi d'essere un galeotto!» lo canzonò la moglie. «Noi donne tutto il tempo a lavare, e rammendare, e sventolare tutte le femmine dell'harem, e voi uomini ad oziare sotto il sole, lamentandovi per il gran sudare!»

«Ed era grande l'harem?» domandava Pietro, affascinato.

«Oh, era sterminato!» gli assicurava Giustina. «E aveste visto quali mollezze, e che bellezze!»

«Tutte mogli del Bey?» la incalzava il bambino.

«Tutte sue mogli, più di duecento!»

«Povero diavolo...» commentava Simplicio, ed aggiungeva sarcastico: «Poi ti domandi perché siano miscredenti!»

«Ad ogni modo» sbuffava Giustina «nell'anno del Signore 1750 il Nostro Re si mosse a compassione per il nostro terribile esilio, ed inviò a Tunisi il valoroso Capitan Porcile! Il quale subito volle conferir col Bey, che lo ricevette con tutti gli onori...»

«E cosa sembrava costui?»

«Sembrava Pluto nella sua reggia!»

«E cosa gli offrì in cambio dei prigionieri?»

«Cinquantamila zecchini!» sbottò Simplicio, e subito Pietro lo corresse: «Ma che dici, Simplicio! Quello è quanto chiese il Bey!» e Giustina rispiegò al marito: «Il signorino chiede quanto offrì il valoroso Porcile per il riscatto di noi prigionieri...»

«Ottomila zecchini, offrì! Ch'erano fin troppi!» spiegò il vecchio servo, e Pietro rise, perché sembrava proprio che Simplicio si sminuisse!

Anche Giustina rise, e riprese il racconto, correggendo tutte quelle rotte perché confluissero: «Il terribile Bey di Tunisi, come Pluto nella sua reggia, ricevette il Capitan Porcile e con molta arroganza pretese che, come riscatto per il rilascio di quei suoi schiavi, gli fossero dati ben cinquantamila zecchini! Allora il Capitano, reputando troppo esosa quella richiesta, e troppo ingiusta quella pretesa, gliene offrì a sua volta ottomila...»

«E cosa rispose il Bey?»

«Il Bey rispose che ottomila zecchini non gli erano sufficienti neanche per darci una degna sepoltura!» ricordò Giustina, mimando di rabbrividirne ancora. «Proprio così! Vi rendete conto?!»

«Al che il Capitano non si dette per vinto...»

«Certo che no: e s'apprestava a far presente al Bey che noi poveri tabarchini, che già eravamo stati costretti ad esser suoi tributari, eravamo stati tratti in schiavitù contro ogni regola del diritto delle genti!»

«Ma il Bey lo interruppe dicendo...»

«Tacer e non parlar di queste cose!» fece la voce grossa Giustina, come se scimmiottasse un orco cattivo. «Io voler cinquantamila zecchi, e basta!», e tutti risero, eccetto Simplicio, che al solo ricordo ancora ne rimordeva. «E fu così che il Capitano Porcile dovette rientrare nel Regno con le pive nel sacco, avendo fallito quella sua prima missione... E potete immaginare quanto sconforto e quale vergogna s'impossessò di noi, sapendo che la nostra sorte era così incerta, e ridotta a così vile mercanteggio...!»

«Ma poi il Capitano tornò, per una seconda missione!»

«Eh sì: tornò ed aveva in serbo una nuova contropartita: offrì infatti al Bey una specie di scambio: due maomettani, in prigionia del Re di Sardegna, per ogni cristiano prigioniero suo! E questa fu una mossa assai astuta, poiché solleticò la cupidigia del maomettano, ch'è risaputamente grande (e seconda solo a quella del cattolico!). In questo modo il Bey pensò ad un doppio guadagno, senza considerare il suo significato, cioè che il valore di un cristiano era del doppio, rispetto a quello di un maomettano!» così raccontò Giustina. «Il Capitano poté così riscattare quasi trecento tra galeotti e donne, ma per una grande iattura, mentre il vostro servo Simplicio fu riportato in patria sano a salvo, o perlomeno salvo, la vostra povera Giustina non fu tra quelle scelte, e rimase colà, tra le asservite!»

«E tu Simplicio, eri triste della separazione?» e il vecchio servo sputò per terra, senza rispondere, facendo molto divertire il piccolo Pietro.

«Dovetti attendere altri due anni, perché il Capitano tornasse una terza volta e riscattasse anche me, insieme ad altre centoventi sventurate...» raccontò Giustina, sospirando «e il Bey lo consentì solo perché sua moglie, la sua moglie preferita, era defunta, ed egli volle lasciare che noialtre, le sue serve, le ancelle che l'avevano servita in vita, sparissero insieme a lei dalla sua vista!»

«E sapete cosa dovette aggiungere il Bey, per liberarsene?» esclamò Simplicio.

«Cosa?» rise il bambino. «Sei pelli di tigre regalò al nostro Re, per convincerlo a riprendersele, e ben due cavalle!»

«Ma non erano due le pelli, ed uno solo il cavallo?» rise Pietro, e si corresse Simplicio: «Non meno di tre pelli!» protestò. «E non meno di uno!».

Così si divertirono insieme, anche quel pomeriggio, mentre il sole metteva a ferro e fuoco lo scoglio di San Macario e il vento s'alzava veleggiando, portando con sé l'eco lontana del mondo oltremarino.

Paolo cammina sottoterra: tiene una torcia sopra la testa, che illumina le pareti della condotta: una volta a cuspide, di mattoncini gialli, lo sovrasta e lo opprime, alta poco più della sua altezza, stretta poco più delle sue braccia; fuori, in superficie, c'era caldo: lì sotto invece si gela; lui cammina in quell'acqua gelida, alle ginocchia, cammina in quell'acqua e la illumina, passo dopo passo: è limpidissima, come non ne ha mai vista, e scivola impercettibilmente, e lui la segue, come una sottile salamandra che lo precede e che, ad ogni suo passo, avanza, terrorizzata e stupefatta di quella immensa abbagliante presenza. Ogni tanto si aprono sulla volta delle condotte verticali, forse delle prese d'aria, che consentono al fumo della torcia di risalire, e in fondo a quelle aperture s'intravede a volte la luce; altre volte sono semicrollate, e le macerie rallentano l'acqua, non ostruiscono la condotta ma rendono difficoltosa l'avanzata. Ma Paolo avanza. Avanza ugualmente. Il primo giorno, sconvolto dalla scoperta, ha percorso quel cunicolo per ore, trafelatamente, finché la torcia si è spenta; è dovuto ritornare indietro al buio, incespicando spesso, ed è risalito in superficie fradicio, a sera. I grilli negli alberi erano assordanti, ma ancora più nella sua testa il sangue che pulsava. Ha capito il segreto del padre, ha carpito il segreto del padre, come il padre l'ha carpito ai Romani; prova nei suoi confronti un misto di ammirazione e disprezzo: per chi ha scoperto come approfittare del genio e del lavoro altrui, per chi se ne fa privare da un figliastro come lui. E non è forse esattamente quello che prova per se stesso...? Ha preso il cavallo, dunque, ha ripercorso quelle strisce di terra, di sua proprietà, di proprietà paterna, e ripassando dove era passato ciecamente la prima volta, ora ha notato le aperture dei pozzi. In uno più grande, semicrollato, a Siliqua, è riuscito a calarsi, ed anche da lì ha potuto riprendere a percorrere il canale, lo stesso canale. Così ha capito l'intero progetto, visionario e concreto, incredibile da realizzarsi e già realizzato, come capita a tutti i miracoli umani, che cessano d'essere tali non appena accadono. Per giorni ha ricostruito il suo percorso, che si interrompe allo stagno. Sbuca infatti dalla sponda fangosa, l'acqua si accumula e si riversa in una scarpata di argilla, ma canneti vasti e intricati, cresciuti d'intorno, devono aver impedito ai pescatori di notare quella apertura. Forse per secoli si è pensato a una risorgiva. Paolo si guarda attorno e nota quant'è vicino il ponte romano. Ecco dove s'agganciava il canale. Da quel punto l'acquedotto proseguiva sullo stagno con una canalizzazione di pietra, così pensa Paolo, sopra arcate, ecco, delle quali può intravedere ancora, emergere dalla superficie celeste, le basi ciclopiche. Ma dove arrivava? In che punto approdava, dell'altra sponda? Paolo lo sa, perché è l'ultimo terreno acquistato dal padre, anzi il primo, il più vicino alla Città: il Fangario. Ora il ragazzo può domandarsi perché si chiama così. Per la prima volta Paolo Deidda s'interroga su un significato, sul significato dei nomi, come il padre gli aveva detto di fare tante altre volte, in passato, per capire le cose, e lui ostinato nella sua ribellione, nella sua ribellione a quel padre e a quel nome, non lo aveva mai fatto, non vi aveva mai riflettuto, non aveva voluto. Ora invece, proprio grazie a quel nome, Paolo comprende, si dà una spiegazione: forse il Fangario si chiama così da che i Vandali distrussero il ponte, la prima parte di quelle arcate dell'acquedotto che attraversavano lo stagno di Santa Gilla, e l'acqua, allora abbondante, che arrivava veloce fin dalle fonti, iniziò a riversarsi sopra il terreno rendendolo un fosso fangoso... Così pensa Paolo. Poi smantellarono l'opera, spiega a se stesso, demolirono la muratura, l'unica cosa visibile, e con essa la sola evidenza di quella esistenza, rimasta nascosta, segreta, rimossa. Riemersa ne' secoli sotto forma di leggenda. Ma nella Città...? Perché l'ultimo tratto di quella condotta, pensò Paolo, doveva essere nuovamente sottoterra, dal Fangario fino a dove, egli ancora non sapeva. E si domandava come fosse stato possibile che per secoli anche quella parte dell'antico acquedotto fosse rimasta sepolta e sconosciuta, nonostante tutti gli scavi, le ricerche o le coincidenze, che avevano seviziato Cagliari... Forse che crolli e macerie l'avessero resa impraticabile e, quindi, inimmaginabile...? E come l'avrebbe intuita, allora, suo padre..?

Per scoprirlo, Paolo si precipita al Fangario, ed ha impiegato due giorni per individuare l'innesto, il punto esatto in cui il canale in muratura riaffonda il capo dentro il terreno: non ha voluto chiamare aiuto, non ha voluto coinvolgere estranei, mettere a rischio il segreto: ha preso un piccone e una pala e come un matto, di notte, come un ladro, si è messo a scavare, finché ha trovato quanto cercava. L'ingresso. Lo stesso cunicolo in muratura, la stessa volta a cuspide: solo, privo di acqua. E, armato di torcia, col cuore in gola, vi è entrato. Da questo momento il giovane sa di essere solo.

Finora, infatti, Paolo ha previsto il percorso dell'acquedotto grazie alle carte, grazie a tutte le proprietà acquistate dal padre, sapeva la direzione, se non la meta finale, gli interessava poco, la presumeva senza conoscerla: la Capitale. Ora, invece, la fine esatta di quel canale è l'unica cosa che gli interessa, l'unica cosa misteriosa, l'unica cosa importante. Per realizzar qualcosa. Perché dopo il Fangario, sopra alla sua testa, non ci sono più sue proprietà, c'è Santa Avendrace, c'è quel borgo popolare, fatto di poche case marce, nel quale il padre non possiede niente. Nelle carte la linea s'interrompe. E Paolo sa bene che, da quel momento, non avrà più coordinate. Quella notte Paolo sta percorrendo il canale, le scarpe gli affondano nel fango, perché tutte le pareti trasudano acqua, come il volto di un atleta grondante, e la torcia gli si spegne continuamente. È solo, completamente solo; i suoi passi trascinati risuonano nel cunicolo, che gli sembra sempre più vasto eppure sempre più tetro. Poi, d'un tratto, sente una specie di sciacquio, il suo passo si fa ancor più cauto, la luce della sua torcia d'improvviso si spande e davanti ai suoi occhi si apre a perdita d'occhio una sala immensa, a volta di botte.

Il cunicolo, infatti, sfocia in una enorme cava giallastra, che funge da cisterna: da vari cunicoli si riversano diversi rivoli, e poco più in alto di lui, sull'altra sponda di quell'immenso pozzo, si apre un nuovo canale, simile a quello che ha appena percorso, ma ancora più grande. Decide di arrampicarsi, per proseguire quel suo cammino; sistema la torcia sulla parete e si arrampica; sa bene che, una volta salito, dovrà abbandonare la torcia e proseguire al buio, ma è disposto a farlo. Non ha paura. Al contrario: nel suo cuore pulsa un coraggio che non ha mai provato. Si arrampica, scruta nel buio, gli sembra che il cunicolo sia simile al primo, e s'inabissa pensando: "Mio padre ha compiuto lo stesso percorso, a ritroso".

"Davvero al tempo del pianto segue quello del riso..." pensò Giustina, commossa. Una sera di fine Primavera, di quello stesso anno, Giustina osservava Pietro nel grande campo innanzi alla casa di Santa Margherita. La luce radente tagliava la campagna, rendeva grassa l'erba del prato, tingendolo di nero, e ritagliava grosse ombre di foglie sopra il fogliame vero. Pietro è cresciuto, è sano e salvo, si ripeteva Giustina: *"Gesujrist'è passau, e mm'à ffattu sa ggruzi / gardin'ingiriau tott'a mmattas de nuzi..."*[1]. Al centro dello spiazzo stava un grande carrubo, tra le cui fronde oscure aveano il proprio alveare le api dorate, e perciò era proibito, a Pietro come a chiunque, avvicinarsi: ma, come per tutti i bambini, come per tutti gli adulti, per Pietro soprattutto che era ancora teso tra quei due estremi punti, proprio quel divieto attirava, e specie il ragazzino ronzava spesso presso quell'albero, certo fingendo di giocare, rincorrendo pirati o fantasmi o chissà cos'altro, in cerchi concentrici ch'erano in realtà orbite, più o meno inconsapevoli, attorno a quello. Perciò, Giustina lo sorvegliava sempre, poco lontano; anche se fin troppo bene sapeva fosse un pretesto, per ammirarlo! Si voltò quindi verso il pergolato dove, all'ombra delle viti, seduti l'uno di fronte all'altro, stretti a parlare fitti fitti, sottovoce, fra loro, che quasi non si udivano, erano Don Gemiliano e Paolo.

Il figlio si era recato dal padre per redimersi definitivamente, per chiedergli di finanziare un suo trasferimento a Torino, dove sarebbe diventato soldato. Il padre gli parlava accorato, sotto quelle ombre leggere leggere, che già iniziavano a sventolare, come le bandierine nelle vie di paese, durante una festa popolare: lo guardava con tutto l'affetto che non era mai riuscito a mostrare, e Paolo a capo chino lo ascoltava, annuendo. Anche Pietro, sebbene fingesse di non curar-

[1] Gesù Cristo è passato e mi ha fatto la grazia / il giardino è circondato da alberi di noce...

sene, li spiava da lontano, con la coda dell'occhio, anche se il suo imbarazzo per quel fratello così feroce, così estraneo, e quell'inattesa inattendibile usurpazione del rapporto con suo padre, lo spingevano a stare alla larga, e smarrito. Spesso si rivoltava su se stesso, come fingendo che qualcuno lo stesse avvolgendo, e gridava al suo nemico: «Lasciami, turcomoro maledetto! Torna da dove sei venuto!». Ed anche Simplicio aveva preferito sparire, forse nascosto in qualche angolo, a farsi consigliare dal suo saggio asino. Giustina invece no: Giustina assisteva, assisteva a quella scena commossa, perché per lei era un cerchio, l'ennesimo cerchio, che si chiudeva.

In quel momento, proprio in quel momento, i due uomini si levarono in piedi, e si abbracciarono. Si abbracciarono con tanta solennità e semplicità al contempo, che sia Giustina che Pietro, e forse anche Simplicio ed il suo asino, e forse persino il mare il cielo ed il carrubo, eccetto le api, li contemplarono. Si tenevano stretti l'uno all'altro, e certo piangevano, perché scuotevano il capo, sconfortati da non avere più parole, altre parole per quel dialogo che, per quanto n'era stato avaro fino ad allora, adesso ne era avido. Giustina giunse le mani in segno di preghiera, sulla bocca, e chiuse gli occhi e rese grazie a Dio. Pietro, invece, in un impeto, lanciò nel vuoto la canna che aveva in mano e si scagliò contro il carrubo, saltandovi sopra! Giustina, il padre ed il fratello, tutti levarono un grido di terrore e si precipitarono nel tentativo di impedirglielo, che ormai era troppo tardi, perché la nuvola d'api lo avrebbe attaccato, uccidendolo, ma non fecero in tempo ad essere sotto l'albero, gridando aiuto e piangendo, che il piccolo ridiscese con un salto, e gli si parò innanzi. Teneva tra le mani un pezzo di favo, e parte gli pendeva da un labbro: il volto e quelle piccole mani, ed anche il collo e le spalle e le braccia, completamente ricoperte d'api... che non lo pungevano! Ma anzi: come se stessero scoprendo, stupefatte, un nuovo mondo, gli zampettavano lungo tutto il corpo, studiandolo. Pietro sorrideva felice e soddisfatto, più per lo stupore che lo circondava che per quell'evento, e fece un gesto, come per offrir loro quel dono. Specie a quel padre, che lo ammirava commosso, e a quel fratello, che quasi non aveva il coraggio di rispondere al suo sguardo, e ancora avea la bocca schiusa per quel richiamo inemesso: «Pietro...».

Qualche settimana dopo, Don Paolo Deidda sedeva dinanzi al Segretario del Viceré.

Rampollo giovanissimo di una famiglia assai arricchita, costui avea potuto acquistare quel ruolo, che gli conferiva l'arroganza tipica degli scranni di potere piccoli piccoli, che reggono tuttavia il piede de' grandi; ma soprattutto, era stato costui compagno di caccia e di baldorie di Paolo, perciò i due si parlavano, fra loro, con quella schiettezza e quella ferocia complice che può esservi solo tra coloro che si spartirono prede, condividendo lo stesso azzardo e lo stesso carniere.

«Dunque» domandò Paolo, «che valore avrebbe questa sua sfida?»

«Ho controllato e te lo confermo: vale ed è vigente.»

«Tra quanto scade?»

«Poco meno di un mese...»

«Non avrei mai il tempo di fare alcunché...» digrignò i denti, anche per rammentare al compare, non solo a se stesso, che avrebbe saputo ancora mordere, anzi lo avrebbe fatto con sommo piacere. «Ci sono da rifare vasche, ripulire miglia di canali ed alzare qualche miglio di arcate...» spiegò «non capisco come avesse pensato di potercela fare, anche in un anno, e con quali risorse...»

Il Segretario sorrise: «Cosa pensi di fare, dunque?».

«Non potrei rinnovare la sfida, a nome mio?»

«E a cosa servirebbe...? Dovresti comunque passare per tuo padre, è lui il proprietario di tutte le terre. Almeno finché tu non ne diverrai l'erede...» osservò malizioso, e aggiunse, quasi sottovoce: «E sempre che lasci qualcosa anche a te e non tutto al suo figlio naturale...»

L'afa dalla finestra portava su vortici di voci e puzzo di strada: sulla via pubblica, infatti, strepitavano i venditori d'acqua, uscio per uscio, marciva il pesce e si copriva di mosche la frutta tumefatta.

Paolo, ch'era parso sovrappensiero, rispose con un gesto infastidito: «Non c'è da preoccuparsi, per questo...».

«Ah no...?» insinuò sadicamente il compare. «Mi stai forse dicendo che diverrai presto l'erede...? E di chi prevedi la dipartita? D'entrambi, forse...? A breve...?» e sorrise con quel ghigno che hanno le menzogne false.

«La crudeltà alle volte prende strade invero strane...» sospirò Paolo guardandosi attorno.

«Che intendete dire, signor filosofo?»

«Intendo dire che – vi stupirà – ma ho ricondotto il mio rapporto col Cavalier Deidda all'interno di quel percorso che seguono solitamente apparentemente formalmente il figlio e il padre.»

«Me ne rallegro» sorrise il Segretario. «Vi ha dunque promesso che cederà a voi progetto e terre?»

«No, egli non sa che io so, non lo sospetta neanche, e come potrebbe? Mi ha conosciuto fino ad oggi come un perdigiorno, un figlio perduto, un buono a nulla capace di tutto... Come potrebbe immaginare che ambisco a realizzare, a mio vantaggio, ciò che lui non è riuscito a fare?»

Il Segretario lo fissò a lungo.

«Ciò che ti posso dire, per adesso, è che mi lascerà fare, dovrà lasciarmi fare. Per il resto fidati di me. E ci sarà da guadagnare».

Il Segretario passava le dita sopra ai cartigli stesi sulla scrivania, lentamente, riflettendo o fingendo di farlo, dando più enfasi possibile a quel suo gesto; quindi affermò, secco: «Davvero credi che tuo padre abbia fallito, in quella sua scommessa, per mancanza di tempo o di risorse? Non è così. Glielo hanno impedito. Chi? Non essere ingenuo, o non far finta d'esserlo... L'unico mezzo di ricchezza e di potere, per tante famiglie cagliaritane, lo sai bene: è l'acqua. L'acqua piovana raccolta nelle loro malandate cisterne, è come oro quando la gente ha sete. C'è sempre chi accumula fortune ingiuste, quando il popolo soffre e muore. A chi conviene, dunque, che giungano in piena città acque di fonti limpide in tale quantità da dissetare facilmente tutti coloro che hanno sete? Conviene a tutti, quindi non a chi ha il potere».

Paolo guarda fuori dalla finestra spalancata: il sole batte sui tetti e sgretola le tegole. Via de' Genovesi brulica di vita ansante. Un neonato grida alla finestra di qualche palazzina, una balia lo dondola colma di pena.

«Perché, invece, non collaboriamo...?» gli domandò, dunque, soffiando.

E Paolo si destò: «Tu ed io?!» e rise.

«Non tu ed io...» sorrise il compare «ma il genio e l'intraprendenza di un privato cittadino, quale sei tu, e dall'altra lo Stato.»

«Lo Stato...?» s'insospettì Paolo, ritraendosi.

Il Segretario, allora, sornione, si levò dal suo scranno panciuto e prese a passeggiare per la sala, con le braccia alle spalle, come se fossero legate strette da un laccio, come sapeva ch'è del teatro, trastullo preferito di ogni potere, e spiegò: «Noi riteniamo che, per perseguire un'opera pubblica di tale rilevanza, che risolverebbe definitivamente il secolare dramma dell'approvvigionamento idrico della Capitale del Regno, sarebbe giustificato ogni mezzo, anche l'espropriazione della proprietà privata. Certo, non diciamo che non sia dovuto un equo indennizzo, e tuttavia sia chiaro che le risorse pubbliche andranno spese per realizzare quelle opere che il singolo privato non potrebbe mai sostenere, lavori che solo lo Stato potrebbe appaltare, concessioni che solo lo Stato potrebbe accordare...».

Paolo sorrise amaramente «Ho capito...» e il Segretario poté tornare a sedere, trionfante. Ci fu un lungo silenzio tra i due uomini. Ciascuno presumeva di conoscere fin troppo bene i pensieri dell'altro, ed entrambi s'ingannavano.

«C'è però il fatto di Tuvumannu» aggiunse il Segretario.«Sarà una vera beffa dover pagare proprio quel tratto più di quanto varrà tutto il resto dell'acquedotto...!»

«Di questo mi preoccuperò io» dichiarò freddamente Paolo, tornando nuovamente a perdere lo sguardo sui tetti di Castello. Lontano tremolava la superficie del grande stagno; sullo sfondo, le montagne di Capoterra, annebbiate dal troppo caldo. «Che sensazione sgradevole, e nuova per me, riflettere sul fatto che quell'ingenuo di mio padre mi donerà inconsapevolmente gli strumenti per usurparlo, i mezzi per raggiungere quel fine che lui ha mancato, e che io tradirò, più ancora che la sua fiducia, nel suo significato...».

Il Segretario allungò le gambe sotto il tavolo, sbuffando. Dentro di sé commentava: "È come svuotato... Un altro. Fa filosofia di basso mercato, peggio di quel rincoglionito, e lo chiama padre, lui figlio bastardo di figlio altrettanto...!". Quindi s'alzò di scatto e andò a chiudere la finestra: «Troppo caldo» affermò. «Si muore» e col tono di chi volesse cambiare discorso, e certo inconsapevolmente completandolo, chiese al suo socio: «Ma dimmi di tuo padre: che fa di bello?».

Il neonato ha cessato di piangere. Il venditore d'acqua è scomparso. E Paolo rispose come sovrappensiero: «Lavora sempre alle bonifiche...», e il Segretario, ironico: «Che pare diano grande risultato, e grande merito a chi le ha fatte e a chi le ha finanziate...».

«Così dicono...»

«E tuo fratello?»

Paolo si guardò attorno, come se avesse dimenticato dove avea posato qualcosa, il cappello forse, o il suo bastone da passeggio. Guardò il tappeto tra le sue gambe: le punte dei piedi del signor Segretario sbucavano da sotto il tavolo e ondeggiavano attorcigliandosi come code di gatto.

«Si è molto ripreso...» rispose distrattamente, voltandosi verso la finestra, chiusa da tende di lino «tutti lo chiamano Il Maureddino, adesso, per com'è diventato scuro... Lui ch'era sempre pallido... Ora monta a cavallo, va col padre per la piana di Pula, finge d'essere un condottiero e gioca al comando del suo esercito immaginario...»

Il Segretario del Viceré sorrise: «E cosa abbiamo fatto noi, per tutto il tempo?» e Paolo lo guardò sorpreso: «È vero...» ammise piano «tutti gli uomini lo fanno... Lo stiamo facendo anche noi adesso.»

Poco tempo dopo accadde, poco tempo dopo quell'incontro. Era la vigilia della mia partenza per Torino, e fu una notte furiosa: uno di quei temporali di fine Estate, che fanno paura, perché sembra che il mondo stia cercando di scrollarsi di dosso il cielo. Ero a casa, da solo, e fissavo il camino vuoto del fuoco ed ascoltavo i tuoni spaventosi che scuotevano l'universo nero, e l'acqua scrosciante che sembrava penetrare tra le tegole e le pietre delle pareti, pronta ad abbatterle, quando udii un cavallo che entrava in cortile, al trotto, e mi sobbalzò il cuore nel petto: mi armai con l'attizzatoio e, quando sentii bussare, spalancai la porta.

Simplicio, vecchio quanto non l'avevo visto mai, stava davanti a me, grondante pioggia e pianto. Non fu necessario che mi dicesse nulla. Sapevo che sarebbe accaduto, prima o poi. L'avevamo sempre saputo, e atteso, come un fatto ineluttabile, col quale devi fare i conti, innanzitutto tu. L'avevamo sempre saputo tutti, forse, fuorché Giustina, per quell'irriducibile speranza, cieca e sorda, che anima sempre le donne, depositarie d'irragionevolezza animale e divina, che ci condanna e ci salva, che ci corrompe e consola. Tremava, Simplicio, sussultando col capo torto, chino al terreno, scosso di fremiti per tutto il corpo, perché arrendersi alle proprie certezze suscita la più terribile rabbia, specie al cospetto di quella Morte che aveva preso il bambino, prima del vecchio, per la logica assurda e beffarda del Destino.

Lo presi, lo portai dentro casa, lo avvolsi con un mantello, e lasciai che guardasse nel vuoto tutto il tempo che poté, prima di addormentarsi. L'indomani, all'alba, stava ancora dormendo, il viso solcato da profondissime rughe, quando mi apprestavo a partire: lo ricordo perché pensai che, per la prima volta nella nostra vita, ero stato io ad alzarmi prima di lui! Ma non feci in tempo a congedarmi da quella sua immagine immota, e ad imboccare l'uscio per l'ultima volta, che mi sentii chiamare alle spalle: si era svegliato, e scosso del mantello che avea addosso: «Non vai a dire addio a tuo fratello?» mi domandò, tremante, che sembrava avere lui la febbre, la prima volta, e l'ultima, che in vita mia lo vidi sofferente.

«No» gli risposi. «Parto per Torino, proprio stamane...». E così feci.

Né mi pento. Dovevo farlo. Ciascuno è responsabile della propria vita, prima che di quella degli altri. Io mi scrollavo di dosso quella terra e quella mia giovinezza, come ipoteche pesanti, e nonostante tutte le finzioni di libertà che avevo difeso fino ad allora, io per la prima volta nella mia vita, quella mattina, mi sentivo davvero libero. Ma quando fui sul ponte del bastimento, librandomi su quel nuovo elemento, così infido e precario, e stetti a contemplare il corpo della città, la mia Città, che dondolava tra mare e cielo come un cadavere macilento, dalla memoria – che così spesso rinnego – riemerse il ricordo di una sera d'Inverno.

Mi avevano costretto a portare qualcosa, non ricordo cosa, a Pietro, su per quella scaletta di legno che, per me, era la passerella del prigioniero, la forca del condannato, il patibolo. Come se quel piccolo bambinello, stretto la maggior parte del suo brevissimo tempo nelle fasce sudate del suo tormento, fosse lui il mio giudice, torturatore, boia. Entrai quella sera nella sua stanzetta sottotetto, e lo ricordo ancora, lui era lì, ritto sulla sua paglia, e fissava la tela della finestra, che abbagliava di fuoco: lontano, infatti, nelle vie di Stampace, si adunava il popolo in festa, per gridare e giocare attorno ai falò. E ricordo si voltò verso me, mio fratello, piccolo piccolo com'era, sorridendomi incerto, perché non capiva il senso degli echi e delle ombre che lo circondavano, e di cui certo aveva paura. Io sapevo ch'era la vigilia di Sant'Antonio, e che presto mi sarei unito anch'io a quel clamore, e sarei stato certo il più coraggioso di tutti i bambini, e avrei sfidato la sorte, e la vita e la morte, su quella pertica instabile, e avrei visto il mondo dall'alto, per quell'attimo breve di conoscenza che è la vertigine. Ma lui mi guardava esitante, mi guardava come un fratello minore guarda sempre il fratello maggiore, prima che l'orgoglio di guardarsi allo specchio sia soverchiato da quello di andarvi oltre: mi fissava, ecco, colmo di dubbi e speranze, ed io non sapevo come rispondere a quella fiducia insensata, perché nessuno aveva avuto fiducia in me, mai, ed io mi domandai se dirgli la verità, quella sera, come lui mi chiedeva, o negargli quella illusione, e quel dolore. "Un giorno anche tu..." gli avrei voluto dire "un giorno anche tu": e la responsabilità di dirlo, e l'amore, mi avevano ammutolito, più di quanto avrebbe fatto il mio odio per lui, per quell'anima innocente di tutto, anche d'essere nata, per quel volto che mi fissava felice, e orgoglioso di me, per il coraggio che avevo avuto, e la viltà, di restare muto.

Fu quella mattina, proprio quella mattina, sul ponte di quel bastimento che mi separava dalla terra natìa, dalla città della quale mi ero sempre sentito, fin dalla nascita, orfano, fu allora che ricordai mio fratello, vivo e morto, e mi sentii completamente colmo, all'improvviso, del silenzio che ci aveva unito. Fu allora che ripromisi a me stesso di scrivere quanto ci era successo. E così sto facendo, e così ho fatto adesso.

Su bippìu ddurmìu teng'in zu luminargiu / partì custu navìu senz'e nient'ekkipaggiu.[1]

«Ricordi quando ti chiesi in sposa...?

Venni al tuo paese, a sera, con i miei amici più cari, e venni a bussare alla tua porta, alla porta della tua casa, della tua casa paterna... Ricordi? Tuo padre venne alla porta e domandò, come d'usanza: chi è che bussa alla porta di questa casa onorata? Ed io risposi: siamo gente onesta, che ha perduta la più bella pecora e viene da voi a cercarla... Tuo padre ci aprì, allora, e ci fece accomodare. Tu e le tue sorelle eravate schierate, e quando entrai, insieme ai miei amici, mi sorridesti così dolcemente che io quasi non ebbi il coraggio di continuare! Com'eri bella... Ed io, com'ero sciocco... Quando si è giovani si vive la vita come si respira, come una cosa normale, che si ripeterà domani dopodomani e sempre, e invece... Tuo padre mi domandò, presentandomi la tua prima sorella: è forse lei quella che cercate? Ed io risposi: no, signore. Allora mi presentò la tua seconda sorella, domandandomi: è forse questa? Ed io risposi: no, signore. E quando si accostò a te, e ti strinse la mano, e tu tremasti un poco, ricordi quanto pianse? Che non riusciva a chiedere più niente? Disse: le vorrete bene, Signore...? Ed io risposi: sì.

[1] Ho il bambino che dorme lungo il limitare / senza equipaggio parte questa nave.

Ricordo che tuo padre ci fece sedere e, specialmente tu, stavi seduta come una regina, e i tuoi parenti stavano in piedi attorno a te, e tutti i miei amici, a turno, si alzarono per renderti omaggio, lasciando cadere una monetina sul tuo grembiale, nel tuo grembo... Tu ti ricordi, Flora? Io lo ricordo ancora. E ripensavo, allora, a quella prima volta che ti avevo vista, tornar dai campi, quella sera al tramonto, a piedi scalzi, che mi ero detto: è troppo bella per me, se mi ha sorriso è solamente perché la vita è così, e capita che passi accanto a noi la felicità e c'illuda, e cosa potremmo fare, noi? Cosa potremmo fare, se non restare fermi a contemplarla mentre scompare?»

Ci son due uomini, tra le rovine dell'antica Nora, sul litorale del borgo di Pula. Passeggiano accanto come due vecchi amici, sebbene siano così diversi, l'uno più grosso e distinto, e l'altro scarno e più anziano e vestito miseramente. Non si sentivano più, Don Gemiliano e Simplicio, padrone e servo: erano troppo stanchi, oramai, di tutto questo, e soprattutto sentivano che non c'era più tempo. Presto sarebbero stati relitti di un secolo chiuso, rovine non dissimili da quelle tra le quali si muovevano.

«*S'azin'e bbing'e Orri teni' ppibioni ggrussu...*» sospirò Simplicio «*si ddeu bbeng' a mmorri*» sospirò Don Gemiliano «*bander', a kkini lassu?*»[1]

«C'è una cosa che volevo chiederti...» disse quindi Simplicio, fermandosi. Sostavano tra le macerie sparse dei resti romani, e guardavano il mare, e l'orizzonte sgombro, voltati verso Oriente.

[1] Produce la vigna d'Orri acini grossi... a chi li lascerei, figlio mio, se morissi?

«L'acqua per tutti...?» si sforzò di sorridere Don Gemiliano.

«Sì. Non ho mai capito come pensavi di procurarla...» Anche i gabbiani cercavano qualcosa.

Don Gemiliano ripensò ancora a Pietro, che gridava solitario nel suo veliero. Gli Antichi rivedevano negli animali e negli elementi le fattezze di coloro che avevano perduto; e Don Gemiliano osservò il volo di quegli uccelli bianchi, sempre dolenti, sempre precari, e pensò, pensò che forse avevano ragione loro, e forse Pietro e tutti i figli morti anzitempo vagano nei cieli gridando, e richiamano noi uomini ignari, inconsapevoli, noi padri distratti, e disarmati. "Non ti ho saputo proteggere" si ripeteva, "non ho potuto proteggerti. Ma dove sei, adesso...? Non è cessato il tuo tormento...? Durerà in eterno come il mio?"

Si stava alzando il vento. Simplicio lo osservava col mento tremante. E Gemiliano, pur stancamente, come se radunare nel suo petto quelle vecchie parole fosse un'opera immane ed estenuante, per lui, come per qualunque anziano riportare alla luce casse polverose dalle cantine, piene di cianfrusaglie inutili e troppo dolorose: «Ai tempi dell'Impero Romano» raccontò «la Città aveva quasi centomila abitanti, e non c'erano problemi per l'approvvigionamento idrico: un acquedotto, lungo più di trenta miglia, quasi tutto interrato, portava le acque di Domusnovas fino a Cagliari...»

«Interrato...?» mormorò Simplicio.

«Sì, amico mio: interrato: parte da pochi metri sottoterra, intercettando le fonti di Domusnovas, percorre tutte le piane di Siliqua, Decimannu, Uta ed Elmas, sempre in leggerissima impercettibile pendenza, scavalca lo stagno su una serie di arcate, quindi entra in Città, sai a quale altezza? Entra al Fangario e lambisce casa nostra, Simplicio, all'Annunziata, e serve quell'antica cisterna che, ricordi, disseppellimmo per prima, in quella villa romana nella quale trovammo il mosaico...»

«E fu allora che lo scopristi...?»

«No...» sorrise Don Gemiliano «fu alcuni anni dopo, quando tornammo a Cagliari ed io ripresi le mie indagini su Tuvumannu... Fin da bambino, sai, avevo sempre saputo che il colle era scavato da canali, piccoli e grandi, che convogliavano le acque piovane, perché molte di esse alimentavano le cisterne delle famiglie patrizie, che io conoscevo. Noi bambinelli di Stampace conoscevamo molti di quei cunicoli, e vi giocavamo spesso, nascondendoci, li sapevamo sedi di fate benevole, e dispettose streghe, e demoni...» Don Gemiliano siede su un masso, si deterge e prosegue: «I frati non volevano che andassimo in quei luoghi, pericolosi, pieni di pozzi aperti e profondissimi, recessi oscuri popolati da mendicanti e vagabondi e banditi... Per spaventarci ci raccontavano quanti bambini erano stati ingoiati da quelle fauci, e ci dicevano che alcuni di loro erano stati trascinati via da correnti segrete, e trasportati fino in mare aperto, fino alle Afriche, quindi raccolti da reti pirate e resi schiavi dalle galere dei Turcomori! Ah! Noi restavamo così impressionati da quelle storie... ma contrariamente alle intenzioni dei poveri frati, molti di noi se ne sentivano ulteriormente attratti! E ogniqualvolta (perché accadeva) qualcuno di noi scompariva davvero, e si diceva si fosse perso in uno di quei labirinti profondi, o precipitato al centro della terra, beh, noi bambinelli lo immaginavamo nelle regioni dell'Ade, o oltremarine, arabe, etiopi, presso le affascinanti popolazioni che idolatravano la Luna o il Sole, e insomma: arrivavamo ad invidiare quel nostro compagno che si era perduto, e...» E poi si deve fermare, perché il ricordo di Pietro è accanto a lui, gli posa la mano sul ginocchio, lo scuote ancora, lo trattiene, e lo sprofonda. «Una volta...» dice soffocando le lacrime «una bambina che s'era persa o chissà cosa in mezzo a quelle rocce, venne trovata davvero, nelle acque del porto, che galleggiava supina sulla superficie, come se dormisse...»

«Come Lucia Raiòsa...» osserva Simplicio, e Gemiliano lo guarda: «Proprio così, come Lucia Raiòsa... Io fin d'allora, guardando quel corpicino di quella mia coetanea che dondolava, pensavo che le leggende popolari attingono sempre alla realtà. Ed una verità, profonda, c'era. In quella apparizione, in quella paura. Ci ripensai tanti anni più tardi, una mattina a Tuvumannu, riflettei sul fatto che quella cisterna, e tutte le decine centinaia di cisterne che dovevano servire la città romana, non potevano essere alimentate dalla sola acqua piovana...: doveva esistere un acquedotto, un acquedotto che qualcuno, magari i Vandali, dovevano aver distrutto fino all'ultima pietra, per non lasciarne alcuna traccia, oppure...»

«Oppure era ancora nascosto...»

«Infatti, Simplicio mio... Non fu difficile calarmi in quelle antiche cave, e in quei cunicoli, come altre volte avevo fatto da bambino, giocando e sognando, come fa ciascuno, e perdermi nel labirinto di quei canali, taluni asciutti, taluni ancora percorsi da acque piovane, e imbattermi in tanti giacigli di diseredati e quante altre forme di umanità derelitte, e infine sfociare, sì, proprio sfociare, in una cisterna enorme: una sala con la volta a botte molto più vasta della più grande delle nostre piazze, e scoprire che lì confluisce un canale ampio ed intatto e che di lì riparte, passa sotto al chiostro di San Francesco, attraversa la Via Diritta, il reliquiario di Sant'Agostino e tutta Marina, e infine sfocia, sai dove? Sotto la Porta del Gesù...! Sì, proprio così: sotto l'attuale rivellino c'è ancora un pozzo, profondo trenta metri, dove il canale sfocia e tutto il popolo si riforniva...!»

Simplicio fissava il suo vecchio padrone, turbato, e neanche lui avrebbe saputo dire il perché, ed il come: «Per questo avevi acquistato tutte quelle terre...?» gli domandò.

«Certo: perché sotto di esse vi era, e vi è ancora, quel canale... Avrei ripristinato le fonti di Domusnovas, e risanato e ripulito tutto il canale sotterraneo, e l'unica impresa sarebbe stata ricostruire il tratto in muratura, quello che attraversava lo stagno di Santa Gilla... Non so se ci sarei riuscito, Simplicio, forse no; quando lanciai la mia sfida non lo feci con alcuna certezza, con alcun calcolo: lo feci d'impulso. E sai perché? Sai cosa maggiormente mi faceva rabbia...? La cecità, la sordità. Il non saper guardare, il non voler ascoltare. Perché mi chiedo, e ti dovresti chiedere anche tu: possibile che nessuno, in tanti secoli, avesse mai notato tutti quei pozzi che s'aprivano lungo il percorso, o tutti i basamenti di arcate imponenti disseminati lungo lo stagno, o non si fosse mai calato in quei cunicoli, e non si fosse mai accorto che sotto ai nostri piedi, sotto alle terre coltivate, sotto il vomere dei nostri aratri, o sotto le strade attraversate ogni giorno dai nostri carri, o sotto le nostre stesse case, Simplicio, abitate da generazioni di uomini distratti ed ignoranti, nessuno si fosse mai accorto che esisteva un'opera così mirabile, un'opera per la quale furono spese risorse, e genio e tempo e sudore, per dar da bere a tutti, uomini e donne e bestie, famiglie ricche e famiglie povere? Possibile che un sacrificio e un sogno così degni della gratitudine di tutti i discendenti, si siano così miseramente persi?»

Simplicio si siede accanto a Gemiliano. Cerca di meditare ma quando s'è vecchi le meditazioni sono più simili a un malinconico trasognamento dell'animo. Don Deidda, nel frattempo, pensa che quell'acquedotto scorre ancora sotto la sua città, sotto la sua casetta all'Annunziata, disabitata, abbandonata, vuota, che si ripiega su se stessa come una foglia secca, e sotto di lei scorre ancora quella fonte fresca, e viva, come una vena sotto la pelle sottile della terra, e ciononostante nessuno l'ha avvertita, che pulsa ancora, tutti la credono morta, come la bimba dondolante nell'acqua, non aveva neanche una famiglia che la piangeva, e se non fosse stato per lui che l'osservava, quella mattina al porto, non sarebbe mai esistita.

«E perché abbandonasti l'impresa...?» gli domanda allora Simplicio, e quand'ancora il suo labbro non s'è serrato – per come può serrarsi il suo labbro, sempre tremante e precario – s'è già pentito di quella domanda, fatta ad un padre orfano di figlio orfano di padre.

Don Gemiliano si alza stancamente, guarda lontano, verso la sua Città: «Io fui vicino a compierla» spiega. «Un solo tassello del mosaico mi venne a mancare. Un solo tratto del percorso, però essenziale, che mi avrebbe consentito di completare l'opera. Non riuscii mai ad acquistare il tratto finale dell'acquedotto, quello che porta l'acqua sotto Tuvixeddu, dal Fangario all'Annunziata, perché appartiene a una famiglia lontana, genovese, i Tessa, che ha un solo erede, una ragazzina che deciderà che fare di quelle terre solo quando si emanciperà, e chissà se e quando accadrà...»

«E non potresti partire per Genova, e convincere il suo tutore che...» esclamò il vecchio servitore, con un piglio imprevedibile, quasi irato, che sorprese ancor di più il suo autore piuttosto che il suo interlocutore.

Don Gemiliano si guardò tra i piedi: un piccolo Sisifo rotolava eroicamente il proprio fardello. «Non è più tempo...» sospirò il vecchio padrone «non è più il mio tempo... Altri dopo di me, se lo vorranno, torneranno ad illudersi, riprenderanno il filo che io ho perso...» Anche Simplicio pensò a Paolo, ma non avrebbe mai pronunciato quel nome. «Non so se Paolo, un giorno, tornerà in quest'Isola, non so cosa farà della sua vita, cosa farà di questo pezzo di terra tradita... E forse neanche mi interessa più.»

Nell'orizzonte la luce era ormai tremula, la Città scompariva. «Mi hanno proposto come Segretario della nuova Università...» annunciò Don Gemiliano Deidda, con un tono che voleva descrivere il cambio d'abito e di scena «è il Ministro che lo impone al Viceré, che lo imporrà alla Città, che accetterà...»

«E tu...?» gli domanda l'amico, che ben conosce la ricambiata avversione che Don Deidda ha sempre provato rispetto a quella casta.

«Credo che accetterò...» ammette sconsolato. «E basta.»

Così, quell'ultima sera, a Nora, Simplicio capì che Don Gemiliano si sentiva, e si era sempre sentito, come quel suo acquedotto; sapeva ne avrebbe seguito la stessa sorte, tanto era stato utile alla sua Città ed al suo popolo, quanto lo sarebbe potuto essere ancora, ma sempre invano; e quanto si vergognò di se stesso, pensando che sarebbe morto, e sarebbe stato sepolto, in quello stesso modo, in quello stesso mondo, contro il quale e per il quale aveva tanto lottato!

Ora che mio padre è morto, e che nessuno, a Cagliari, e tantomeno in Sardegna, ricorda più il suo nome, e tantomeno il ruolo, ed ancor meno, ovviamente, qualche suo merito, perché questa è la sorte di ogni uomo, e specialmente del personaggio storico, il cui uomo che l'incarnò è scomparso, non esistette mai, allo stesso modo di ciò che non fece e che, semplicemente, sognò, ecco, ora che mio padre è morto e sepolto, in qualche ossario, in qualche tomba senza nome di Bonaria, e guarda a Castello, con distacco, tenuto lontano, mi piace immaginarlo nel suo ultimo anno, nei suoi ridicoli abiti da burocrate, che si ammantano d'essere al servizio della pubblica utilità, quando nascondono solo il nostro privato vantaggio, il nostro gusto per il privilegio ed il potere fine a se stesso: mi piace immaginarlo vecchio e stanco, e disilluso ovviamente, con quel senso di colpa che certamente provò, nel sentirsi ridotto a mulo di quella mola contro la quale da giovane si ribellò, e che un giorno, mentre è solo, vede apparire sulla soglia Giustina, una Giustina vecchissima, l'unica che gli sopravviverà, che sopravviverà ad ogni uomo, e che gli porge una lettera.

In quella lettera gli chiedo di benedirmi, perché mi sposo. Sì, è così, Babbo: mi sposo. Ho conosciuto qui a Torino una giovane, non brutta sebbene cagionevole, di buon carattere, remissiva ed affettuosa, e soprattutto di buona famiglia. Una buona famiglia genovese che, guarda caso, è possidente di terreni nella nostra Isola, nella nostra Città, i quali, sebbene di poco valore, potrebbero acquistarne, col tempo, con un po' d'impegno e con un po' di fortuna. Fa Tessa di nome. Come voi sapete. Si chiama Caterina.

Nota storica

Gemiliano Deidda, nato a Cagliari nel 1721 ed ivi deceduto nel 1810, fu uomo di cultura enciclopedica: laureato in Medicina, s'interessò anche di scienze matematiche e astronomiche, economiche e tecniche. Fu suo il progetto per la grande riforma monetaria dello Stato sabaudo, e in virtù delle competenze d'ingegneria venne nominato responsabile di numerose opere pubbliche, tra cui le bonifiche delle piane di Quartu e di Pula, la deviazione del fiume Tirso e la fortificazione della cittadella di Calasetta. Ma la sua fama è soprattutto legata all'attività d'archeologo, che gli consentì di scoprire il celebre *Mosaico di Orfeo*, e di riportare alla luce la memoria – più che i resti – dell'antico acquedotto di Cagliari. Proprio quest'ultima vicenda, e specialmente il suo fallimento, sono tuttora avvolti dal mistero. I pochi documenti ritrovati accrescono l'enigma, anziché contribuire a risolverlo. Né si è mai chiarito per quale ragione l'acquedotto, che avrebbe risolto il secolare problema dell'approvvigionamento idrico della Capitale del Regno di Sardegna, non fu mai riattivato, neanche in seguito; addirittura, la sua stessa esistenza ricadde nell'oblio e dovettero trascorrere altri secoli perché qualcuno si ricordasse di quell'opera. Ma non del suo (temporaneo) scopritore settecentesco.

Poco si sa della vita di Gemiliano Deidda: un fatto sorprendente, se si pensa ai meriti che, in vita, gli vennero riconosciuti. Fu stimato e premiato dal Re e dai suoi Ministri, e grazie a questi appoggi politici poté ricoprire cariche di rilievo, come quella di Segretario e Tesoriere della rifondata Università di Cagliari. La sua eclettìcità, tipicamente settecentesca, gli procurò onori, infatti, ma soprattutto nemici, specie nel mondo accademico, che vedeva nel dinamismo intellettuale un pericolo per i privilegi di casta. Fu forse proprio questo clima di ostilità nei suoi confronti a generare una sorta di *damnatio memoriae*: i pochi storici che si occuparono della sua vita accennarono solo alle sue "origini oscure": fingendo di stigmatizzare le calunnie che lo circondarono contribuirono a ripeterle e, piuttosto che parlare della sua figura e delle sue opere, preferirono citare quelle dei suoi calunniatori.

Questo romanzo non può avere l'ambizione di risarcire neanche in parte la sua figura dei tanti anni di oblio, ma vorrebbe essere un omaggio, e vorrebbe anche narrare di una Città e di un'Isola che non confidarono mai nel futuro e abbandonarono i loro figli migliori, i cui progetti inevitabilmente fallirono, lasciandoci in eredità, proprio per questo, il valore inestimabile dell'essere stati uomini.

Avvertenza

I personaggi e le famiglie citate nel romanzo si riferiscono a persone e famiglie realmente esistite ma i fatti e le opinioni loro attribuite sono, nella maggior parte dei casi, frutto di invenzione. Gli anacronismi e gli equivoci topografici sono voluti perché metaforici.

Arnoldo Mondadori Editore S.p.A.

Questo volume è stato stampato
presso ELCOGRAF S.p.A.
Stabilimento - Cles (TN)

Stampato in Italia - Printed in Italy